A borboleta amarela

RUBEM BRAGA

A borboleta amarela

São Paulo
2019

global
editora

© Roberto Seljan Braga, 2017
12ª Edição, Global Editora, São Paulo 2019

Jefferson L. Alves – diretor editorial
Gustavo Henrique Tuna – gerente editorial
André Seffrin – coordenação editorial
Flávio Samuel – gerente de produção
Flavia Baggio – coordenação de revisão
Jefferson Campos – assistente de produção
Alice Camargo – assistente editorial e revisão
Tatiana F. Souza e Carina de Luca – revisão
Eduardo Okuno – projeto gráfico
Victor Burton – capa

Obra atualizada conforme o
NOVO ACORDO ORTOGRÁFICO DA LÍNGUA PORTUGUESA.

CIP-BRASIL. CATALOGAÇÃO NA PUBLICAÇÃO
SINDICATO NACIONAL DOS EDITORES DE LIVROS, RJ

B795b
12. ed.

Braga, Rubem
A borboleta amarela / Rubem Braga ; coordenação
André Seffrin. – 12. ed. – São Paulo : Global, 2019.
160 p.

ISBN 978-85-260-2446-5

1. Crônicas brasileiras. I. Seffrin, André. II. Título.

19-54691
CDD: 869.8
CDU: 82-94(81)

Vanessa Mafra Xavier Salgado – Bibliotecária – CRB-7/6644

Direitos Reservados

global editora e distribuidora ltda.
Rua Pirapitingui, 111 – Liberdade
CEP 01508-020 – São Paulo – SP
Tel.: (11) 3277-7999
e-mail: global@globaleditora.com.br
www.globaleditora.com.br

Colabore com a produção científica e cultural.
Proibida a reprodução total ou parcial desta obra
sem a autorização do editor.

Nº de Catálogo: **4028**

Nota da Editora

Coerente com seu compromisso de disponibilizar aos leitores o melhor da produção literária em língua portuguesa, a Global Editora abriga em seu catálogo os títulos de Rubem Braga, considerado por muitos o mestre da crônica no Brasil. Dono de uma sensibilidade rara, Braga alçou a crônica a um novo patamar no campo da literatura brasileira. O escritor capixaba radicado no Rio de Janeiro teve uma trajetória de vida de várias faces: repórter, correspondente internacional de guerra, embaixador, editor – mas foi como cronista que se consagrou, concebendo uma maneira singular de transmitir fatos e percepções de mundo vividos e observados por ele em seu cotidiano.

Sob a batuta do crítico literário e ensaísta André Seffrin, a reedição da obra já aclamada de Rubem Braga pela Global Editora compreende um trabalho minucioso no que tange ao estabelecimento de texto, considerando as edições anteriores que se mostram mais fidedignas e os manuscritos e datiloscritos do autor. Simultaneamente, a editora promove a publicação de textos do cronista veiculados em jornais e revistas até então inéditos em livro.

Ciente do enorme desafio que tem diante de si, a editora manifesta sua satisfação em poder convidar os leitores a decifrar os enigmas do mundo por meio das palavras ternas, despretensiosas e, ao mesmo tempo, profundas de Rubem Braga.

Nota

As crônicas deste livro foram escritas para o *Correio da Manhã* em Paris e no Rio, entre janeiro de 1950 e dezembro de 1952. Suprimi sete delas, porque achei que ficaram demasiado sem interesse.

R. B.

Sumário

A que partiu   15
Notas de viajante   18
A carta   23
A navegação da casa   25
Torre Eiffel   30
Dona Teresa   32
Pedaço de pau   34
Marcha noturna   36
Ruão   39
Chartres   41
O afogado   43
A velha   47
A voz   50
Casas   53
O sino de ouro   56
A morta   59
Queda do Iguaçu   62
Força de vontade   64
O telefone   67
A praça   70
O senhor   73
Quermesse   75
Odabeb   77
Os jornais   79
Quinca Cigano   82
Partilha   85
Manifesto   88
Em Capri   91
Do Carmo   93

Natal 95
Passou 97
O sono 99
Imigração 102
Mudança 104
A moça 107
No mar 110
A viajante 113
Mangue 115
Santa Teresa 118
Cinelândia 120
Um sonho 122
Flor-de-maio 124
No bairro 126
O retrato 129
Os amantes 131
Os perseguidos 136
Cansaço 138
Domingo 140
A borboleta amarela 142
Visão 148
A grande festa 150
A equipe 153
Impotência 155
Beethoven 158

A borboleta amarela

A QUE PARTIU

É uma doçura fácil ir aprendendo devagar e distraidamente uma língua. Mas às vezes acontece uma coisa triste, e a gente sem querer acha que a língua é que está errada, nós é que temos razão.

Eu tinha há muito, na carteira, o número do telefone de uma velha conhecida, em Paris. No dia seguinte ao de minha chegada disquei para lá. A voz convencional e gentil de uma *concierge* respondeu que ela não estava. Perguntei mais alguma coisa, e a voz insistiu:

— *Elle n'est pas là, monsieur. Elle est partie.*

Eu não tinha grande interesse no telefonema, que era apenas cordial. Mas o mecanismo sentimental de uma pessoa que chega a uma cidade estrangeira é complexo e delicado. Eu esperava ouvir do outro lado aquela voz conhecida, trocar algumas frases, talvez combinar um jantar "qualquer dia destes". Daquele número de telefone parisiense na minha carteira eu fizera, inconscientemente, uma espécie de ponto de apoio; e ele me falhava.

Então me deu uma súbita e desrazoável tristeza; a culpa era do verbo. Ela tinha "partido". Imaginei-a vagamente em alguma cidade distante, perdida no nevoeiro dessa manhã de inverno, talvez em alguma estação da Irlanda ou algum *hall* de hotel na Espanha. Não, sua presença para mim não tinha nenhuma importância; mas tenho horror de solidão, fome de criaturas, sou dessas pessoas fracas e tristes que precisam confessar, diante da autossuficiência e do conforto íntimo das outras: sim, eu preciso de pessoas; sim, tal como aquele personagem de não sei mais que comédia americana, "*I like people*".

E subitamente me senti abandonado no quarto de hotel, porque ela havia partido; esse verbo me feria, com seu ar romântico e estúpido, e me fazia pobre e ridículo, a tocar telefone talvez com meses ou anos de atraso para um número de que ela talvez nem se lembrasse mais, como talvez de mim mesmo talvez nem se lembrasse, e se alguém lhe dissesse meu nome seria capaz de fazer um pequeno esforço, franzindo as sobrancelhas:

— Ah, sim, eu acho que conheço...

Mas a voz da *concierge* queria saber quem estava falando. Dei o meu nome. E me senti ainda mais ridículo perante aquela *concierge* desconhecida, que ficaria sabendo o segredo de minha tristeza, conhecendo a existência de um M. Braga que procura pelo telefone uma pessoa que partiu.

*

Meia hora depois o telefone da cabeceira bateu. Atendi falando francês, atrapalhado – e era a voz brasileira de minha conhecida. Estava em Paris, pois eu não tinha telefonado para ela agorinha mesmo? Sua voz me encheu de calor, recuperada assim subitamente das brumas da distância e do tempo, cálida, natural e amiga. Tinha "partido" para fazer umas compras, voltara em casa e recebera meu recado; telefonara para um amigo comum para saber o hotel em que eu estava.

Não sei se ela estranhou o calor de minha alegria; talvez nem tenha notado a emoção de minha voz ao responder à sua. Era como se eu ouvisse a voz da mais amada de todas as amadas, salva de um naufrágio que parecia sem remédio, em noite escura. Quando no dia seguinte nos encontramos para um almoço banal num bistrô, eu já estava refeito; era o mesmo conhecido de sempre, apenas cordial e de ar meio neutro, e ela era outra vez ela mesma, devolvida à sua realidade banal de pessoa presente, sem o prestígio misterioso da mulher que partira.

Custamos a aprender as línguas; "partir" é a mesma coisa que "sortir". Mas através das línguas vamos aprendendo um pouco de nós mesmos, de nossa ânsia gratuita, melancólica e vã.

Paris, janeiro de 1950

NOTAS DE VIAJANTE

É fácil saber por que me voltou à memória esse verso em francês de Manuel Bandeira que certamente não leio há mais de 10 anos: "*Je suis trop seul vivant dans cette chambre vide...*" Este quarto de hotel é neutro e vazio como este momento de minha vida.

Mas há alguma dignidade nessa tristeza, e me sinto feliz quando penso, com horror, no quarto em que me puseram antes. O tapete do chão era vermelho, a coberta da cama, vermelha, as cortinas vermelhas. Tudo vermelho e com desenhos de passarinhos, numa alucinação de mau gosto. Os passarinhos não cantavam; mas as cortinas pela manhã davam berros. Vermelhos.

Agora aqui há um sossego cinzento e frio que talvez seja meio triste, mas me faz bem.

*

Eu escrevia numa tarde de domingo, e tudo o que via pela janela eram outras janelas, do outro lado da rua estreita e vazia. Não há deserto mais árido que essa rua comercial em um domingo. A rua é um canal de pedra, vazio, entre as fachadas fechadas e o calçamento escuro.

Distraído no meu trabalho, não sei se reparara vagamente que uma das janelas da casa defronte estava acesa. Num momento que parei de bater à máquina, para pensar alguma coisa, notei que aquela luz se apagava. Alguém fechou a janela. Toda a fachada do prédio defronte estava agora fechada, morta, escura.

Era aquela presença mal apercebida do outro lado da rua que me amparava? Não sei; mas quando aquela janela se fechou senti uma tristeza absurda – a impressão quase dolorosa de que não era eu que quisera ficar só, e sim de que fora abandonado por todos em uma casa vazia em uma rua vazia.

Fechei a máquina, vesti o capote – e fugi, silencioso, com um vago medo das paredes mudas e tristes.

*

Sim, as artes são irmãs. Como não sonhar com uma bela escultura – quem poderia fazê-la? – sob a qual pudéssemos gravar, na pedra, estes dois versos de Éluard?

Vejam:

Pourquoi suis-je si belle?
Parce que mon maître me lave.

*

Achei desagradável aquele rapaz de ar eficiente que veio depressa pela calçada, com uma pasta debaixo do braço, e entrou na igreja ali ao lado. Deu-me a impressão de ter um negócio rápido a tratar com Deus – talvez uma conta a cobrar.

*

Devido a pequenas circunstâncias, deixa de ser bonita. É difícil localizar essas circunstâncias, pois não tem nada que seja propriamente feio e tem, sobretudo, um jeito de bonita, um ar de mulher bonita. Mas diz que é *mauricienne*, e explica: nasceu e viveu até pouco tempo numa ilha que fica mais ou menos perto de Madagascar, e se chama *Île Maurice*, uma possessão britânica onde se fala francês.

Sua amiga, essa loura meio enjoada e com ar sutil, também é *mauricienne*. Imagino que deve ser uma ilha linda, com uma vida alegre e fácil, uma ilha de Paquetá em que todos os dias são domingos.

Não é. As moças não podem trabalhar porque é feio, estudam em colégios de freiras, só vão aos bailes com as tias, nunca saem sozinhas, todo mundo toma conta da vida de todo mundo.

De maneira que não vale a pena (oh! amantes das ilhas distantes) incluir a *Maurice* em vossa geografia sentimental. As *mauriciennes*, como as moças de São José da Lagoa, são melhores em Paris.

*

A Suíça. O que mais me impressionou não foi a ordem perfeita, a arrumação quase aflitiva que dá vontade da gente andar pelo campo com um cinzeiro na mão. Foi aquela exploração do rio, para a qual meu amigo Cícero Dias me chamou a atenção.

Ninguém trabalha mais no mundo que um rio suíço. Além de carregar barcos e funcionar como elemento de paisagem – parece estar sempre posando, como um artista de cinema que fosse funcionário do Departamento de Turismo – esse rio bem-comportado, cuja água provavelmente é toda filtrada, não desperdiça nem um pouquinho a sua força. Do peso de cada gota o suíço tira uma faísca de eletricidade. O rio é verdadeiramente torturado, obrigado a cair de frente e de lado – talvez para cima, de vez em quando. A cada curva da estrada nós o encontramos, cada vez em uma direção diferente, sempre trabalhando. Imagino que ele deve se sentir um pouco desafogado quando entra em outro país e é explorado com mais largueza por outras turbinas. E que, na hora de se entregarem, enfim, ao nirvana do mar, essas águas devem suspirar com alívio: Enfim, não vamos mais trabalhar para suíço.

*

S. Juan-les-Pins, três da manhã.

Aproximo-me ao acaso de duas jovens desconhecidas: uma lourinha muito alta e uma preta retinta. A lourinha pede um *Marie Brizard*, me diz que é belga e que veio de sua terra até aqui pegando caronas pela estrada: o *auto-stop* é uma instituição em agosto. Tem 17 anos, trabalha numa perfumaria e insinua que eu poderia levá-la à *cave* que se abriu sob as velhas muralhas de Antibes. A negrinha é do Senegal e estuda *philo* em Paris. Será professora, e ama a poesia moderna. Não bebe álcool e diz que "não precisa". Perguntam de onde sou, confesso que sou egípcio. Ambas querem muito ir lá, ver pirâmides, esfinges.

Um dia inteiro no mar, essa música negra chorando pela madrugada, tudo faz um sujeito ficar otimista e generoso:

— Não é preciso ir lá, meus anjos. Vou falar ao meu primo, o Rei Faruk, ele manda trazer tudo aqui para vocês brincarem um pouquinho.

*

Rodamos por essas estradas da Provença; passamos em Aix, em Arles. Meu amigo me empresta uns óculos escuros: o sol estala de claridade sobre os campos. Talvez a gente tenha bebido um pouco demais o *Châteauneuf-du-Pape*, talvez essas estradas retas deem um pouco de sono. Mas talvez tudo tenha acontecido. Encontramos um velho sossegado, com um ar de camponês, pintando uma paisagem. Ofereci-lhe os óculos, pois a luz estava muito intensa, e Paul Cézanne me respondeu:
— Não preciso, tenho meus filtros.
Ele tinha filtros de luz dentro dos olhos. Mais tarde vimos outro homem que dava grandes pinceladas em uma tela, diante de um campo de trigo. Olhei seu quadro, parecia que tudo se incendiava. Quis emprestar-lhe meus óculos. Mas Vincent van Gogh saiu correndo pelo campo, os olhos muito abertos diante do sol, entre as searas – louco...

*

E começam a chegar a Paris os primeiros peregrinos brasileiros que, depois de receberem grandes indulgências papais em Roma, vêm gastá-las um pouco por aqui.

Paris, março de 1950

A carta

Os cabelos são cor de fogo, e esta é sua cor natural. Posso fazer uma comparação mais prosaica e mais exata: são da cor desse caldo da *bouillabaisse* que ela está provando, pela primeira vez em sua vida, neste bistrô marselhês do Quartier Latin, onde jantamos.

Está nervosa; recebeu uma carta da Alsácia. "*Maman me grogne...*" A culpa é sua. Não tinha nada de mandar contar em casa seu namoro com um jovem pintor brasileiro cujos planos terríveis são estes: casar-se com ela, levá-la para o Brasil, passar quatro anos numa praia perdida do Nordeste, onde há apenas uma colônia de pescadores, para poder pintar. Ela mesma não sabe se aceita; tem medo de acompanhar esse Gauguin tranquilo, tem medo de não amá-lo bastante para aguentar tanta monotonia. Trocar por uma casa de palha seu quarto no quinto andar desse hotel de Royer-Collard ("sabe? Verlaine e Rimbaud moraram juntos naquele quarto ali em cima." E depois, quando desci a escada escura, encontrei um homenzinho barbudo, de cabeça grande, que se não era o próprio Verlaine pelo menos tinha muita vontade de ser), deixar o Boul'Mich por uma praia de Sergipe – isso é um problema que atormenta sua cabecinha ruiva.

    Fico imaginando que o sol brasileiro tornaria vermelha como um camarão essa pele feita para climas brandos.

    "Mamãe não sabe escrever cartas; ela é tão diferente escrevendo e falando!" Tem um gesto irritado: rasga a carta em pedacinhos e põe tudo dentro do cinzeiro. Pego ao acaso um desses pedaços; é exatamente a despedida: *"je t'embrasse bien fort – Monique"*.

— É muito feio rasgar carta de mamãe. Guarde ao menos este pedaço.

Ela vê o que é e joga o papelucho dentro da bolsa. Os pequenos olhos azuis estão trêmulos de água sob os cabelos de fogo.

(Ou de *bouillabaisse*.)

Paris, março de 1950

A NAVEGAÇÃO DA CASA

Muitos invernos rudes já viveu esta casa. E os que a habitaram através dos tempos lutaram longamente contra o frio entre essas paredes que hoje abrigam um triste senhor do Brasil. Vim para aqui enxotado pela tristeza do quarto do hotel, uma tristeza fria, de escritório. Chamei amigos para conhecer a casa. Um trouxe conhaque, outro veio com vinho tinto. Um amigo pintor trouxe um cavalete e tintas para que os pintores amigos possam pintar quando vierem. Outro apareceu com uma vitrola e um monte de discos. As mulheres ajudaram a servir as coisas e dançaram alegremente para espantar o fantasma das tristezas de muitas gerações que moraram sob esse teto. A velha amiga trouxe um lenço, me pediu uma pequena moeda de meio franco. A que chegou antes de todas trouxe flores; pequeninas flores, umas brancas e outras cor de vinho. Não são das que aparecem nas vitrinas de luxo, mas das que rebentam por toda parte, em volta de Paris e dentro de Paris, porque a primavera chegou.
    Tudo isso alegra o coração de um homem. Mesmo quando ele já teve outras casas e outros amigos, e sabe que o tempo carrega uma traição no bojo de cada minuto. Oh! deuses miseráveis da vida, por que nos obrigais ao incessante assassínio de nós mesmos, e a esse interminável desperdício de ternuras? Bebendo esse grosso vinho a um canto da casa comprida e cheia de calor humano (ela parece jogar suavemente de popa a proa, com seus assoalhos oscilantes

sob os tapetes gastos, velha fragata que sai outra vez para o oceano, tripulada por vinte criaturas bêbadas) eu vou ternamente misturando aos presentes os fantasmas cordiais que vivem em minha saudade.

Quando a festa é finda e todos partem, não tenho coragem de sair. Sinto o obscuro dever de ficar só nesse velho barco, como se pudesse naufragar se eu o abandonasse nessa noite de chuva. Ando pelas salas ermas, olho os cantos desconhecidos, abro as imensas gavetas, contemplo a multidão de estranhos e velhos utensílios de copa e de cozinha.

Eu disse que os moradores antigos lutaram duramente contra o inverno, através das gerações. Imagino os invernos das guerras que passaram; ainda restam da última farrapos de papel preto nas janelas que dão para dentro. Há uma série grande e triste de aparelhos de luta contra o frio; aquecedores a gás, a eletricidade, a carvão e óleo que foram sendo comprados sucessivamente, radiadores de diversos sistemas, com esse ar barroco e triste da velha maquinaria francesa. Imagino que não usarei nenhum deles; mas abril ainda não terminou e depois de dormir em uma bela noite enluarada de primavera acordamos em um dia feio, sujo e triste como uma traição. O inverno voltou de súbito, gelado, com seu vento ruim a esbofetear a gente desprevenida pelas esquinas.

    Hesitei longamente, dentro da casa gelada; qual daqueles aparelhos usaria? O mais belo, revestido de porcelana, não funcionava, e talvez nunca tivesse funcionado; era apenas um enfeite no ângulo de um quarto; investiguei lentamente os outros, abrindo tampas enferrujadas e contemplando cinzas antigas dentro de seus bojos escuros. Além do sistema geral da casa – esse eu logo pus de lado, porque comporta ligações que não merecem fé e termômetros encardidos ao lado de pequenas caixas misteriosas – havia vários pequenos sistemas locais. Chegaram uns amigos que se divertiram em me ver assim perplexo. Dei conhaque para aquecê-los, uma jovem se pôs a cantar na guitarra, mas continuei minha perquirição melancólica. Foi então que me veio a ideia mais simples: afastei todos os aparelhos e abri, em cada sala, as velhas lareiras. Umas com trempe, outras sem trempe, a todas enchi de lenha e pus fogo, vigiando sempre para ver se as chaminés funcionavam, jogando jornais, gravetos e tacos e toros, lutando contra a fumaceira, mas venci.

Todos tiveram o mesmo sentimento: apagar as luzes. Então eu passeava de sala em sala como um velho capitão, vigiando meus fogos que lançavam revérberos nos móveis e paredes, cuidando carinhosamente das chamas como se fossem grandes flores ardentes mas delicadas que iam crescendo graças ao meu amor. Lá fora o vento fustigava a chuva, na praça mal iluminada; e vi, junto à luz triste de um poste, passarem flocos brancos que se perdiam na escuridão. Essa neve não caía do céu; eram as pequenas flores de uma árvore imensa que voavam naquela noite de inverno, sob a tortura do vento.

Detenho-me diante de uma lareira e olho o fogo. É gordo e vermelho, como nas pinturas antigas; remexo as brasas com o ferro, baixo um pouco a tampa de metal e então ele chia com mais força, estala, raiveja, grunhe. Abro: mais intensos clarões vermelhos lambem o grande quarto e a grande cômoda velha parece se regozijar ao receber a luz desse honesto fogo. Há chamas douradas, pinceladas azuis, brasas rubras e outras cor-de-rosa, numa delicadeza de guache. Lá no alto, todas as minhas chaminés devem estar fumegando com seus penachos brancos na noite escura; não é a lenha do fogo, é toda a minha fragata velha que estala de popa a proa, e vai partir no mar de chuva. Dentro, leva cálidos corações.

Então, nesse belo momento humano, sentimos o quanto somos bichos. Somos bons bichos que nos chegamos ao fogo, os olhos luzindo; bebemos o vinho da Borgonha e comemos pão. Meus bons fantasmas voltam e se misturam aos presentes; estão sentados; estão sentados atrás de mim, apresentando ao fogo suas mãos finas de mulher, suas mãos grossas de homem. Murmuram coisas, dizem meu nome, estão quietos e bem, como se sempre todos vivêssemos juntos; olham o fogo. Somos todos amigos, os antigos e os novos, meus sucessivos eus se dão as mãos, cabeças castanhas ou louras de mulheres de várias épocas são lambidas pelo clarão do mesmo fogo, caras de amigos meus que não se conheciam se fitam um momento e logo se entendem; mas não falam muito. Sabemos que há muita coisa triste, muito erro e aflição, todos temos tanta culpa; mas agora está tudo bem.

    Remonto mais no tempo, rodeio fogueiras da infância, grandes tachos vermelhos, tenho vontade de reler a carta triste que outro dia recebi de minha irmã. Contemplo um braço de mulher, que a luz do fogo beija e doura; ela está sentada longe, e vejo apenas esse braço forte e suave, mas isso me faz bem. De súbito me vem uma lembrança triste, aquele sagui que eu trouxe do norte de Minas para minha noiva e morreu de frio porque o deixei fora uma noite, em Belo Horizonte. Doeu-me a morte do sagui; sem querer eu o matei de frio; assim matamos, por distração, muitas ternuras. Mas todas regressam, o pequenino bicho triste também vem se aquecer ao calor de meu fogo, e me perdoa com seus olhos humildes. Penso em meninos. Penso em um menino.

Paris, abril de 1950

Torre Eiffel

A inspiração veio, talvez, da greve do metrô. Se não podemos nos locomover por baixo da terra e tudo está parado e triste porque os homens não se entendem – o melhor então, para prover nossas necessidades de transporte, é subir aos céus.

"*Una escalera grande, otra chiquita*" – são, no dizer de uma rumba, os implementos necessários. O que sempre entendi como sutil advertência aos crentes: de que, para ganhar o Paraíso, não basta a grande Escada das virtudes teologais; é imensamente divertido pensar que a certos ilustres varões que passam a vida cuidando minuciosamente de observar todas as regras para ganhar o Céu pode lhes faltar, na hora precisa, a escadinha pequena, feita não sei de que força ou fraqueza, feita de pequenas virtudes distraídas e puras e tão à toa que até podem semelhar vícios... Não sei. Contemplo, na imaginação, esses santos varões agitando os braços no ar, no último degrau da imensa escada de milhões de léguas, desesperados e impotentes pela falta de uma escadinha de três metros.

Lá me direis que as rumbas não são escritos santos, o que sei; mas nessas coisas temos de ser humildes e ouvir de tudo e a todos, pois qualquer pessoa ou coisa pode ser instrumento da verdade, e, quiçá, da Verdade.

É melhor, porém, que nos cinjamos aos fatos; e o fato foi que nesse domingo de metrô em greve nos ocorreu subir ao topo da Torre Eiffel, o que é preciso fazer em um certo estado de inocência, como quem vai ao Pão de Açúcar vestido de branco com namorada em vestido azul.

Lá de cima contemplamos com superior melancolia a cidade bela e imensa. Isso dá na gente uma espécie de meiga burrice azul; lemos nosso destino nas maquininhas de cinco francos, mandamos cartões-postais docemente palermas, posamos direitinho para o lambe-lambe e compramos *souvenirs* baratos.

Feito o quê, descemos. Ou melhor: dignamo-nos descer, uma vez que já tínhamos bem provada a nossa superioridade sobre os demais habitantes desta nobre capital. Descemos, nosso dever estava cumprido, e o coração mais limpo.

Eu vos digo que é preciso ir à Torre Eiffel, é preciso ir ao Pão de Açúcar; é preciso e é bom; e no fundo esse é o ouro mais secreto e puro dos grandes domingos de antigamente, e de amanhã.

Paris, março de 1950

Dona Teresa

Minha empregada, Mme. Thérèse, que já ia se conformando em ser chamada de dona Teresa, caiu doente. Mandou-me um bilhete com a letra meio trêmula, falando em reumatismo. Dias depois apareceu, mais magra, mais pálida e menor; explicou-me que tudo fora consequência de uma corrente de ar. Que meu apartamento tem um *courant d'air* terrível, de tal modo que, àquela tarde, chegando em casa, nem teve coragem de tirar a roupa, caiu na cama. "Dói-me o corpo inteiro, senhor; o corpo inteiro."

O mesmo caso, ajuntou, houve cerca de 15 anos atrás, quando trabalhava em um apartamento que tinha uma corrente de ar exatamente igual a essa de que hoje sou sublocatário. Fez uma pausa. Fungou. Contou o dinheiro que eu lhe entregava, agradeceu a dispensa do troco. Foi lá dentro apanhar umas pobres coisas que deixara. Entregou-me a chave, fez qualquer observação sobre o aquecedor a gás – e depois, no lugar de ir embora, deixou-se ficar imóvel e calada, de pé, em minha frente. Repetiu a história da outra corrente de ar, a de 1935. Passou a mão pelos cabelos grisalhos – e me revelou que sua patroa de então, uma senhora forte, rica, bonita, de menos de quarenta anos, também fora vítima da corrente de ar. Outra pausa e acrescentou: morreu.

Vigiou um pouco minha surpresa, mas como eu não dissesse nada, queixou-se do frio. Tive um movimento de ternura por dona Teresa: ofereci-lhe o cachecol que o pintor Carybé comprou para mim em Buenos Aires, onde – isso me

ocorreu na ocasião – um cachecol tem o nome bastante pitoresco e vivo de *bufanda*. Eu pensava apenas nisso, na palavra *bufanda*, quando Mme. Thérèse voltou a 1935 e detalhou como sua patroa morreu depois de pegar uma pneumonia devido à corrente de ar – igual a esta, senhor, igual. E uma mulher forte, nova...
 Fiz uma pergunta desviacionista: era loura? Sim, loura, rosada. Meus olhos devem ter ficado tristes. Não há falta na praça de mulheres louras e rosadas, mas também não há tantas a ponto de devermos permitir que elas sucumbam assim, levadas pelo vento dos corredores. Fiquei calado. Então dona Teresa fez a seguinte pergunta:
 — E a sua tosse, senhor, vai melhor?
 Depois do quê, se despediu para sempre, com muitos agradecimentos; e desceu a escada com uma certa tristeza. Como sentisse que eu ficara a olhá-la da porta, voltou-se na primeira curva do caracol e me disse, suave como a minha mãe em Cachoeiro de Itapemirim, que eu cuidasse da tosse, mas disse – *hélas*! – sem esperança mais nenhuma.

Paris, junho de 1950

Pedaço de pau

Domingo, manhã de sol, na beira do Sena. Faço um passeio vagabundo e olho com preguiça as gravuras de um *bouquiniste*. Há um homem pescando, um casal a remar em uma canoa, o menino sentado no meio do barco. Há muita luz no céu, nas grandes árvores de pequenas folhas trêmulas, na água do rio. Junto de mim passa um casal de mãos dadas. O rapaz e a moça se parecem, ambos têm os olhos claros, o jeito simples, a cara mansa. Vão calados, distraídos, devem ter vindo de alguma província; dão uma ideia de sossego e felicidade tão grande. Parece que a vida será sempre essa manhã de domingo; eles terão sempre essas roupas humildes e limpas, essas mãos dadas sem desejo nem fastio, essa doçura vaga. Ficarão sempre assim, tranquilos e sem história, bem-comportados; a calçada em que andam parece estimá-los e eles estimam as árvores, a ponte, a água. São tão singelos como dizer *bonjour*.

À sombra de uma árvore, junto ao Pont Royal, vejo um velho gordo, em mangas de camisa; pôs uma cadeira na calçada e olha o rio, o palácio do outro lado, a mancha branca do Sacré-Coeur lá no fundo. Deve ser um burguês, um comerciante, que se dispõe a gozar da maneira mais simples o seu domingo. Passo perto dele e tenho uma surpresa: sob os cabelos despenteados a cara gorda é revolta e amarga, como a de um general mexicano que perdeu a revolução e o cavalo, ficou pobre e desacreditado. Reparo melhor: ele é cego. Está com uma camisa limpa, goza o vento leve na sombra e não vê nada dessa festa de luz que vibra em tudo. Imagino que essa luz é tanta que ele deve sentir sua vibração de algum modo, e não apenas pelo calor, alguma vaga sensação na pele, nos ouvidos, nas mãos. Talvez seja isso que ele exprima, mexendo vagamente os lábios.

    Como tive vontade de dizer *bonjour* ao casal, tenho vontade de me sentar ao lado do cego, fazer com ele uma longa conversa preguiçosa. Falar de quê? Talvez de cavalos, cavalos de general, cavalos de carroça, cavalos de meu tio, casos simples de cavalos.

    Ou quem sabe ele prefira conversar sobre frutas; provavelmente diria como eram grandes os morangos antigamente, numa chácara da infância. Também sei algumas histórias de baleias; mesmo já vi uma baleia. Todo mundo gosta de conversar sobre baleias. Hesito um segundo, e subitamente penso que se parar ou diminuir o passo, agora que estou a um metro de distância, ele voltará para mim os olhos cegos e inquietos.

    — Um cego tem bem direito ao seu sossego no domingo.

    Formulo esse pensamento, e uma vez que ele está mentalmente arrumado em palavras, eu o acho sólido, simples e gratuito como um pedaço de pau. Sim, há um pedaço de pau sobre o muro. Jogo-o lá embaixo, na água quase parada. Parece que joguei dentro d'água meu pensamento; fico vagamente vendo os círculos de água, com a alma tão simples e tão feliz como... como, não sei. Como um pedaço de pau. Um pedaço de pau repousando na manhã de domingo.

Paris, julho de 1950

MARCHA NOTURNA

Então Deus puniu a minha loucura e soberba; e quando desci ruelas escuras e desabei do castelo sobre a aldeia, meus sapatos faziam nas pedras irregulares um ruído alto. Sentia-me um cavalo cego. Perto era tudo escuro; mas adivinhei o começo da praça pelo perfil indeciso dos telhados negros no céu noturno.

De repente a ladeira como que encorcovou sob meus pés, não era mais eu o cavalo, eu montava de pé um cavalo de pedras, ele galopava rápido para baixo. Por milagre não caí, rolei vertical até desembocar no largo vazio; mas então divisei uma pequena luz além. O homem da hospedaria me olhou com o mesmo olhar de espanto e censura com que outros me receberiam – como se eu fosse um paraquedista civil lançado no bojo da noite para inquietar o sono daquela aldeia.

— Só tenho seis quartos e estão todos cheios; eu e outro homem vamos dormir na sala; aqui o senhor não pode ficar de maneira alguma.

Disse-me que, dobrando à esquerda, além do cemitério, havia uma casa cercada de árvores; não era pensão mas às vezes acolhiam alguém. Fui lá, bati palmas tímidas, gritei, passei o portão, dei murros na porta, achei uma aldraba de ferro, bati-a com força, ninguém lá dentro tugiu nem mugiu. Apenas o vento entre árvores gordas fez um sussurro grosso, como se alguns velhos defuntos aldeões, atrás do muro do cemitério, estivessem resmungando contra mim.

Havia outra esperança, e marchei entre casas fechadas; mas, ao cabo da marcha, o que me recebeu foi a cara sonolenta de um homem que me desanimou com monossílabos secos. Lugar nenhum; e só a muito custo, e já inquieto porque eu não arredava da porta que ele queria fechar, me indicou outro pouso. Fui – e esse nem me abriu a porta, apenas uma voz do buraco escuro de uma alta janela me mandou embora.

— Não há nesta aldeia de cristãos um homem honesto que me dê pouso por uma noite? Não há sequer uma mulher desonesta? – assim bradei, em vão. Então, como longe passasse um zumbido de aeroplano, me pus a considerar que o aviador assassino que no fundo das madrugadas arrasa com uma bomba uma aldeia adormecida – faz, às vezes, uma coisa simpática. Mas reina a paz em todas estas varsóvias escuras; amanhã pela manhã toda essa gente abrirá suas casas e sairá para a rua com um ar cínico e distraído, como se fossem pessoas de bem.

    Não há um carro, um cavalo nem canoa que me leve a parte alguma. Ando pelo campo; mas a noite se coroou de estrelas. Então, como a noite é bela, e como de dentro de uma casinha longe vem um choro de criança, eu perdoo o povo de França. Marcho entre macieiras silvestres; depois sinto que se movem volumes brancos e escuros, são bois e vacas; ando com prazer nessa planura que parece se erguer lentamente, arfando suave, para o céu de estrelas. Passa na estrada um homem de bicicleta. Para um pouco longe de mim, meio assustado, e pergunta se preciso de alguma coisa. Digo-lhe que não achei onde dormir, estou marchando para outra aldeia. Não lhe peço nada, já não me importa dormir, posso andar por essa estrada até o sol me bater na cara.

Ele monta na bicicleta, mas depois de alguns metros volta. Atrás daquele bosque que me aponta passa a estrada de ferro, e ele trabalha na estaçãozinha humilde: dentro de duas horas tenho um trem.

Lá me recebe pouco depois, como um grã-senhor: no fundo do barracão das bagagens já me arrumou uma cama de ferro; não tem café, mas traz um copo de vinho.

Já não quero mais dormir; na sala iluminada, onde o aparelho do telégrafo faz às vezes um ruído de inseto de metal, vejo trabalhar esse pequeno funcionário calvo e triste – e bebo em silêncio à saúde de um homem que não teme nem despreza outro homem.

Montfort-l'Amaury, setembro de 1950

Ruão

É preciso ter paciência com as catedrais; Monet o sabia; entretanto Verlaine as acusava de loucas. Devemos percorrê-las carinhosamente, de passo humilde e guia na mão; e depois voltar em outra hora e perambular em suas sombras. Mas o tempo é usurário e o coração é vário. Algumas vezes já passei em Ruão. Entretanto, fui ver a catedral ao acaso de uma escapada de automóvel com moças a bordo e paradas em botequins. Quando chegamos perto começou a escurecer e a chover, e a catedral estava fechada. Rondei vagamente sob a chuva, só, na tarde escura, o monstro escuro. É um monstro preto e imenso, não antediluviano, mas propriamente diluviano, gerado nas profunduras das entranhas do medievo, em séculos de chuva. Foi uma ambição de loucura que a começou 750 anos atrás; nunca se terminou. Pois sempre houve uma desgraça se abatendo do céu ou explodindo da terra contra; protestantes em fúria, revolução que tudo arrebenta, roubos, reconstruções, as guerras castigando essa alucinação de pedra.

Ei-la, depois da última guerra; aqui arrebentaram bombas; quando refizerem tudo, isso ficará ainda mais tétrico, no desencontro de suas linhas impuras, e logo virá outra guerra para recomeçar a arrebentação. Acaso teu bispo não estava, Catedral, assentado numa cadeira, na praça do Mercado Velho, quando queimaram viva a boa lorena Joana? Com certeza vos lembrais, ó negras pedras que varais em ambiciosas flechas o céu de Ruão; até vós deve ter vindo o fumo da carne da virgem.

Talvez tenham vindo rezar aqui o bastardo de Wandonne, que vendeu Jeanne d'Arc a João de Luxemburgo, e este mesmo João, que a revendeu por 10 mil libras ao inglês num dia de primavera – todo esse negócio, desde a prisão até a fogueira, foi rápido e bom, durou apenas uma semana primaveril, de 25 a 30 de maio. Quando anoiteceu esse dia de que sono dormiste tu, acaso não se agitaram tuas entranhas de pedra e escuridão? – responde, Catedral!

Mas o monstro continua impassível e negro, debaixo da chuva, desmedido no seu gótico, tenebroso no seu *flamboyant*.

E de repente tenho pena desse imenso bicho de pedra castigado e ferido, cercado, como um velho fantasma que se prende e de quem se abusa, de todo o prosaico terrível do comércio, da indústria, das locomotivas que bufam perto, carregando mercadorias para o Havre.

A chuva é mais forte. Escondo-me sob um toldo, olho ainda a catedral já noturna; a água se despenca das gárgulas e chora nas pedras negras. Como se fosse uma grande lamentação das pedras negras.

Paris, setembro de 1950

Chartres

É tempo de arar. Na planura enternecida pela chuva caída de noite há um sol escasso entre nuvens galopantes que se vão rasgando no ar. Assim, a luz pálida, de leite, é cortada de brilhos de prata. Um homem conduz dois grossos cavalos, e o ferro paciente vai arando essa boa terra de França. Mais além se amontoa o feno.

Desprezamos a estrada grande, e Versalhes, Rambouillet; o rei Luís que vamos visitar é São Luís, que rezou na primeira missa de Chartres. Não queremos topar fidalgos vestidos de seda nem marias antonietas; somos quatro campônios na viatura. Um é Graciano, com sua nobre cara de cavalo triste; outro, redondo e tosco manjador de polenta, é Volpi, e essa cabeça de queixo romano é Zanini; eu sou um escuro búlgaro de Itapemirim.

O pequeno caminho que intentamos é mais sensível ao chão; é desses caminhos que vão lambendo o chão, obedientes às mais leves ondas de terra e curvas de água. Ele nos meneia entre as árvores com sossego; não temos pressa, não precisamos correr na monótona e fria faixa de cimento liso da grande rota nacional.

Passamos por aldeias lentas, depois avançamos no campo imenso. Então nascem, no fundo do horizonte, as torres da Catedral. E vão se erguendo, como dois mastros no mar; vão se erguendo à medida que avançamos por esse longo chão-oceano. A cidade, só de bem perto a veremos; antes é tudo apenas o Campo e a Catedral. O caminhante Péguy a veria talvez, na cadência da marcha, oscilar na sua altura, essa grande Nau Divina sobre o mar dos campos. Chegamos. É a majestade soberana. Huysmans disse: loura de olhos azuis. Por dentro, essas nervuras finas, no alto céu de penumbra suave, lembram o avesso de folhas tenras. Todas as gemas do mundo não valem esses vitrais; são tão belos e altos que entristecem, comprimem o coração. Não são coisas de ver e passar. Sentimos que era preciso morar longamente nesse bojo imenso, aqui dormir, pensar e labutar, aqui ficar triste e danado de amor, aqui morrer de fome e febre deitado no chão.

E por fora a matéria dos vidros não tem cor; ela se casa a essa nobre pedra clara como vagas placas de encardida mica.

Rondamos os portais perante esses reis que são longas colunas de pedra, esses anjos de movimento manso, esses profetas impassíveis, de força contida, e os bichos humildes. Não se quis tirar à pedra sua natureza de pedra, ela contém as figuras humanas e divinas mas permanece a pedra que resiste e sustenta a pedra, a pedra que se alteia sobre a pedra para compor esse grande cântico no ar.

Na rua vemos caras dos vendedores de tapetes do ano de 1200 que aparecem nos vitrais; e essa perdiz que comemos tem o gosto da planura triste que lançou para Deus essa Igreja, como um gesto sereno.

Chartres, outubro de 1950

O AFOGADO

    Não, não dá pé. Ele já se sente cansado, mas compreende que ainda precisa nadar um pouco. Dá cinco ou seis braçadas, e tem a impressão de que não saiu do lugar. Pior: parece que está sendo arrastado para fora. Continua a dar braçadas, mas está exausto. A força dos músculos esgotou-se; sua respiração está curta e opressa. É preciso ter calma. Vira-se de barriga para cima e tenta se manter assim, sem exigir nenhum esforço dos braços doloridos. Mas sente que uma onda grande se aproxima. Mal tem tempo para voltar-se e enfrentá-la. Por um segundo pensa que ela vai desabar sobre ele, e consegue dar duas braçadas em sua direção. Foi o necessário para não ser colhido pela arrebentação; é erguido, e depois levado pelo repuxo. Talvez pudesse tomar pé, ao menos por um instante, na depressão da onda que passou. Experimenta; não. Essa tentativa frustrada irrita-o e cansa-o. Tem dificuldade de respirar, e vê que já vem outra onda. Seria melhor talvez mergulhar, deixar que ela passe por cima ou o carregue; mas não consegue controlar a respiração e fatalmente engoliria água; com o choque perderia os sentidos. É outra vez suspenso pela água e novamente se deita de costas, na esperança de descansar um pouco os músculos e regular a respiração; mas vem outra onda imensa. Os braços negam-se a qualquer esforço; agita as pernas para se manter na superfície e ainda uma vez consegue escapar à arrebentação.

Está cada vez mais longe da praia, e alguma coisa o assusta: é um grito que ele mesmo deu sem querer e parou no meio, como se o principal perigo fosse gritar. Tem medo de engolir água, mas tem medo principalmente daquele seu próprio grito rouco e interrompido. Pensa rapidamente que, se não for socorrido, morrerá; que, apesar da praia estar cheia nessa manhã de sábado, o banhista da Prefeitura já deve ter ido embora; o horário agora é de morrer, e não de ser salvo. Olha a praia e as pedras; vê muitos rapazes e moças, tem a impressão de que alguns o olham com indiferença. Terão ouvido seu grito? A imagem que retém melhor é a de um rapazinho que, sentado na pedra, procura tirar algum espeto do pé.

A ideia de que precisará ser salvo incomoda-o muito; desagrada-lhe violentamente, e resolve que de maneira alguma pedirá socorro, mesmo porque naquela aflição já acha que ele não chegaria a tempo. Pensa insistentemente isto: calma, é preciso ter calma. Não apenas para salvar-se, ao menos para morrer direito, sem berraria nem escândalo. Passa outra onda, mais fraca; mas assim mesmo ela rebenta com estrondo. Resolve que é melhor ficar ali fora do que ser colhido por uma onda: com certeza, tendo perdido as forças, quebraria o pescoço jogado pela água no fundo. Sua respiração está intolerável, acha que o ar não chega a penetrar nos pulmões, vai só até a garganta e é expelido com aflição; tem uma dor nos ombros; sente-se completamente fraco.

Olha ainda para as pedras, e vê aquela gente confusamente; a água lhe bate nos olhos. Percebe, entretanto, que a água o está levando para o lado das pedras. Uma onda mais forte pode arremessá-lo contra o rochedo; mas, apesar de tudo, essa ideia lhe agrada. Sim, ele prefere ser lançado contra as pedras, ainda que se arrebente todo. Esforça-se na direção do lugar de onde saltou, mas acha longe demais; de súbito, reflete que à sua esquerda deve haver também uma ponta de pedras. Olha. Sente-se tonto e pensa: vou desmaiar. Subitamente, faz gestos desordenados e isso o assusta ainda mais; então reage e resolve, com uma espécie de frieza feroz, que não fará mais esses movimentos idiotas, haja o que houver; isso é pior do que tudo, essa epilepsia de afogado. Sente-se um animal vencido que vai morrer, mas está frio e disposto a lutar, mesmo sem qualquer força; lutar ao menos com a cabeça; não se deixará enlouquecer pelo medo.

Repara, então, que, realmente, está agora perto de uma pedra, coberta de mariscos negros e grandes. Pensa: é melhor que venha uma onda fraca; se vier uma muito forte, serei jogado ali, ficarei todo cortado, talvez bata com a cabeça na pedra ou não consiga me agarrar nela; e se não conseguir me agarrar da primeira vez, não terei mais nenhuma "chance".

Sente, pelo puxão da água atrás de si, que uma onda vem, mas não olha para trás. Muda de ideia; se não vier uma onda bem forte, não atingirá a pedra. Junta todos os restos de forças; a onda vem. Vê então que foi jogado sobre a pedra sem se ferir; talvez instintivamente tivesse usado sua experiência de menino, naquela praia onde passava as férias, e se acostumava a nadar até uma ilhota de pedra também coberta de mariscos. Vê que alguém, em uma pedra mais alta, lhe faz sinais nervosos para que saia dali, está em um lugar perigoso. Sim, sabe que está em um lugar perigoso, uma onda pode cobri-lo e arrastá-lo, mas o aviso o irrita; sabe um pouco melhor do que aquele sujeito o que é morrer e o que é salvar-se, e demora ainda um segundo para se erguer, sentindo um prazer extraordinário em estar deitado na pedra, apesar do risco. Quando chega à praia e senta na areia está sem poder respirar, mas sente mais vivo do que antes o medo do perigo que passou. "Gastei-me todo para salvar-me", pensa, meio tonto; "não valho mais nada". Deita-se com a cabeça na areia e confusamente ouve a conversa de uma barraca perto, gente discutindo uma fita de cinema. Murmura, baixo, um palavrão para eles; sente-se superior a eles, uma idiota superioridade de quem não morreu, mas podia perfeitamente estar morto, e portanto nesse caso não teria a menor importância, seria até ridículo de seu ponto de vista tudo o que se pudesse discutir sobre uma fita de cinema. O mormaço lhe dá no corpo inteiro um infinito prazer.

Rio, novembro de 1949

A velha

Zico –
Ontem falamos de você, e me lembrei daquela tarde tão distante em que nós dois, sem um tostão no bolso, desanimados e calados, vínhamos pela avenida e vimos aquela velhinha recebendo dinheiro. Você se lembra? Já estava escurecendo, mas ainda não tinham acendido as luzes, e paramos um instante na esquina de uma dessas ruas estreitas que cortam a avenida. No guichê de uma casa de câmbio e viagens, ainda aberta, uma velhinha recebia maços de notas grandes. Foi tafulhando tudo na bolsa; depois saiu, com um passo miúdo, entrou pela ruazinha, onde as casas do comércio atacadista já estavam fechadas.

Sem olhar um para o outro, demos alguns passos, fascinados, atrás da velha. Senti um estranho arrepio e ao mesmo tempo um tremor; meu coração parecia bater mais depressa, e era como se alguém me apertasse a garganta.

A velhinha trotava em nossa frente, e não havia ninguém na rua. Era coisa de um segundo: arrancar a bolsa, tirar um daqueles maços de dinheiro, correr, dobrar a esquina. Nunca ninguém desconfiaria de nós – dois jornalistas pobres, quase miseráveis, mas de nome limpo. Naquele tempo nosso problema era dinheiro para andar de bonde no dia seguinte de manhã – e uma só daquelas notas daria para três meses de vida folgada, pagando a conta atrasada da pensão, comprando pasta de dentes, brilhantina, meias, uma toalha, uma camisa, cuecas, lenços...

Naquela idade para que precisava a velhinha de vestido preto de tanto dinheiro? Não teria nem mesmo tempo para gastá-lo. Além disso, a gente não precisava tomar tudo, uma parte só chegava de sobra. É estranho que ao longo de nossa miséria crônica nunca tivéssemos pensado, nem um minuto, em roubar; mas naquele momento a ideia surgiu tão subitamente e com tanta força que ficamos com um sentimento de frustração, de covardia, de vergonha e ao mesmo tempo de alívio quando, parados na calçada, vimos a velha dobrar a esquina.

Só então falamos, num desabafo, daquele segundo horrível de tentação. E fomos tocando a pé, mais pobres e mais tristes, para tomar nosso bonde na Galeria e comer o mesquinho jantar da pensão sob os olhos da dona Maria, inquieta com o atraso do pagamento...

Acho que depois nunca nos lembramos dessa tarde – e não sei por que ela me voltou à memória outro dia. Talvez porque um amigo falasse do "quebra-quebra" aqui no Rio e nunca esquecerei aquela mistura de pânico, de furor, de alegria, de raiva, de medo, de cobiça e de libertação do povo. Às vezes fico maravilhado pensando que, durante anos e anos, as joalherias expõem joias caríssimas e passam milhares de transeuntes pobres e nenhum arrebenta aquele vidro para agarrar uma joia. Não há de ser por medo – é mais por hábito, por uma longa e milagrosa domesticação.

Nós dois sentimos aquele tremor quase angustioso, aquela vontade quase irresistível de desfechar um golpe rápido, nós sofremos aquele segundo de agonia – sentindo, de uma maneira horrivelmente clara, que seria justo tomar uma parte do dinheiro da velha. E continuamos pobres (até hoje, Zico!) e seguimos nosso caminho de cabeça baixa (até hoje!) mas perdemos o direito de reprovar os que fazem o que não fizemos – por hesitação, ou por estranha covardia.

Rio, fevereiro de 1951

A VOZ

Essa história de uma senhora que encontrou o marido na rua em companhia de outra e o matou é, sem dúvida, o crime perfeito. É tão perfeito que sabemos tudo sobre ele: as palavras trocadas, os gestos, o local, a hora, os precedentes, as pessoas. O velho pai vem depor, abatido pela desgraça; o pai da senhora presa a defende e, sob a luz cruel da publicidade, toda uma história dolorosa e banal se revela aos poucos.

Tudo se revela. Menos um detalhe, que não apenas se ignora mas se esquece: o nome do culpado, o principal autor desse crime.

Se nas tragédias do sentimento nós todos somos um pouco os cúmplices e as vítimas, há, neste caso, uma pessoa que nada sofreu e nada sofrerá. Deixando de lado esses personagens cujos nomes aparecem nos jornais, é a essa pessoa anônima que eu quero me dirigir – a essa pessoa de quem não se sabe nem se é homem ou mulher.

Pessoa anônima.

Meus cumprimentos pelo êxito de seu lindo serviço. Seu telefonema foi uma pequena obra-prima de simplicidade e eficiência. Apenas discar e dizer à senhora: se quer encontrar aquele homem em companhia daquela mulher basta ir a tal hora a tal local. Então você depôs o gancho, e assobiou um samba do último carnaval ou acendeu sonhadoramente um cigarro. Estava feita a coisa.

E como foi bem-feita! Não foi preciso esperar nem hora e meia para que todas as estações de rádio começassem

a contar à população a cena de sangue. Depois vieram os jornais, recheados de fotografias e detalhes. E toda essa avalancha de palavras, essas vozes trêmulas que recordam histórias, e, no momento da tragédia, as frases de ódio e desespero, e os gemidos de dor e o pranto convulso – tudo, você sabe, começou com aquelas suas breves palavras.
Você deve estar feliz, e com a consciência limpa. Você deu uma informação certa, que foi perfeitamente confirmada. Toda manhã, com um sorriso satisfeito, à hora do café, você deve ler os jornais – e gozar lentamente o desenrolar da história, tomar conhecimento, com delícia, dos novos depoimentos e acompanhar tudo o que vai acontecendo. Talvez você diga a uma pessoa amiga: "viu hoje, no jornal? Meu Deus, quanta história, quanta sujeira!" E você dirá isso com a calma superioridade, com a perfeita limpeza moral de quem jamais se envolve em histórias assim. "Leu esse depoimento de ontem? Qual, este mundo está perdido!" Não totalmente perdido – pensará você no fundo – pois ainda há pessoas corretas e limpas que dizem as coisas como elas são – como é o seu próprio caso. Pessoas virtuosas que não admitem nenhum desvio de moral e não fecham os olhos nem a boca numa cumplicidade covarde com os desmandos alheios – mas querem saber a verdade, e indagam, e vigiam, e verificam, e, no momento preciso, dizem a coisa exata.

    Meus parabéns, ó anjo defensor da pureza dos costumes. Você certamente continuará nesse anonimato modesto, sem alardear seu próprio mérito, pois nenhuma recompensa poderia ser superior ao sentimento do dever cumprido. Os fatos mostraram que você tinha razão: ele estava lá, com ela.

Sim, você tinha razão: o rádio o confirma, a imprensa também. E também esse corpo de homem morto, essa mulher na prisão, essas famílias atingidas pela dor e pelo escândalo, essa criança órfã. Seu serviço foi lindo, perfeito; talvez a mão daquela mulher tenha tremido ao puxar o gatilho, mas você não treme: sua voz ao telefone era firme e tranquila, precisa e clara, até ligeiramente alegre. Sua voz de anjo – e de hiena.

Rio, março de 1951

Casas

Os amigos mais pobres apenas pensam em comprar um terreninho a prestações, em algum lugar longe, mas simpático; e pensam, apenas. Os mais ricos querem construir ou comprar uma casa. Não sei por que me convidam a ir ver o terreno, ou a casa que pretendem reformar. Vou sempre. Tenho a consciência de que eles estão vivendo um momento grave; mesmo quando falam com decisão – "vou derrubar isto, fazer uma puxada aqui etc." – sinto que estão intimamente hesitantes. É como se eles mesmos estivessem se plantando no chão, depois de vagar por muitos edifícios. Olham em volta, vagamente desconfiados. Para não ficar o tempo todo calado, pergunto ao acaso:

— E aqui, o que vão plantar?

O amigo não chega a dizer nada, mas sua mulher responde logo, como se naquele instante mesmo estivesse pensando nisso; responde com precipitação, como se quisesse impedir que, uma vez levantada a questão, alguém pudesse admitir uma resposta diferente:

— Jabuticaba.

E me olha nos olhos. O amigo também me olha. Fico um instante calado, eles sabem o que estou pensando. Ela está vendo dentro de minha alma a mudinha de jabuticabeira murchar ou crescer raquítica, feia, estéril, em um clima impróprio. E acode logo, como se estivesse regando carinhosamente com sua palavra a planta sem viço:

— Você sabe que aqui perto, no outro canto do bairro, tem uma casa que tem jabuticabeiras?

Explica que ela também pensou que não desse jabuticabeira por aqui. Pois dá, e muito bem. A questão é manter a terra sempre fresca. Um fio de água ali perto, e a jabuticabeira crescerá em graça e beleza e seu tronco e seus galhos se cobrirão de frutas escuras e gostosas. Tenho vontade de fazer uma pergunta cruel, mas justificável, sobre uma possível escassez de água. Mas não quero judiar da jovem senhora. Sei que ela está sonhando em plantar aqui jabuticabeiras de sua infância. Sei, porque eu mesmo plantaria um cajueiro ou um imenso pé de fruta-pão. Seu sonho é a jabuticabeira de Minas; talvez seja essa a primeira imagem que lhe tenha ocorrido diante da palavra "casa": uma construção com jabuticabeiras.

Meus amigos estão ancorando. Alguns só no começo da velhice conseguem realizar esse antigo sonho. Um desses me disse, com melancolia, que fazendo sua casa tinha às vezes a estranha impressão de que estava fazendo seu túmulo. "Estou fazendo uma casa para viver nela, mas principalmente a casa onde vou morrer; você pense bem, uma casa é uma coisa agarrada no chão, uma coisa que se afunda no chão. É o chão, o sossego que estou procurando. Mas estou alegre por causa de meu filho menor. Esse não crescerá, como os outros, pulando de um apartamento para outro. Terá uma infância de casa, de árvore, de pedra, de águas, de bichos, de chão; uma infância com cacarejar de galinhas. Eu... eu quero plantar uma mangueira aqui, perto da janela de meu quarto. Pena que o terreno não dê para plantar mais mangueiras..."

Ele falava e eu revia, a muitos anos e muitas léguas de distância, a casa-grande em que ele foi menino, a casa em que seu pai morreu, uma grande casa branca cercada de mangueiras gordas.

Rio, março de 1951

O SINO DE OURO

Contaram-me que, no fundo do sertão de Goiás, numa localidade de cujo nome não estou certo, mas acho que é Porangatu, que fica perto do rio do Ouro e da serra de Santa Luzia, ao sul da serra Azul – mas também pode ser Uruaçu, junto do rio das Almas e da serra do Passa Três (minha memória é traiçoeira e fraca; eu esqueço os nomes das vilas e a fisionomia dos irmãos, esqueço os mandamentos e as cartas e até a amada que amei com paixão) –, mas me contaram que em Goiás, nessa povoação de poucas almas, as casas são pobres e os homens pobres, e muitos são parados e doentes e indolentes, e mesmo a igreja é pequena, me contaram que ali tem – coisa bela e espantosa – um grande sino de ouro.

Lembrança de antigo esplendor, gesto de gratidão, dádiva ao Senhor de um grã-senhor – nem Chartres, nem Colônia, nem S. Pedro ou Ruão, nenhuma catedral imensa com seus enormes carrilhões tem nada capaz de um som tão lindo e puro como esse sino de ouro, de ouro catado e fundido na própria terra goiana nos tempos de antigamente.

É apenas um sino, mas é de ouro. De tarde seu som vai voando em ondas mansas sobre as matas e os cerrados, e as veredas de buritis, e a melancolia do chapadão, e chega ao distante e deserto carrascal, e avança em ondas mansas sobre os campos imensos, o som do sino de ouro. E a cada um daqueles homens pobres ele dá cada dia sua ração de alegria. Eles sabem que de todos os ruídos e sons que fogem do mundo em procura de Deus – gemidos, gritos, blasfêmias, batuques, sinos, orações, e o murmúrio temeroso e agônico das grandes cidades que esperam a explosão atômica e no seu próprio ventre negro parecem conter o germe de todas as explosões – eles sabem que Deus, com especial delícia e alegria, ouve o som alegre do sino de ouro perdido no fundo do sertão. E então é como se cada homem, o mais pobre, o mais doente e humilde, o mais mesquinho e triste, tivesse dentro da alma um pequeno sino de ouro.

Quando vem o forasteiro de olhar aceso de ambição e propõe negócios, fala em estradas, bancos, dinheiro, obras, progresso, corrupção – dizem que esses goianos olham o forasteiro com um olhar lento e indefinível sorriso e guardam um modesto silêncio. O forasteiro de voz alta e fácil não compreende; fica, diante daquele silêncio, sem saber que o goiano está quieto, ouvindo bater dentro de si, com um som de extrema pureza e alegria, seu particular sino de ouro. E o forasteiro parte, e a povoação continua pequena, humilde e mansa, mas louvando a Deus com sino de ouro. Ouro que não serve para perverter, nem o homem nem a mulher, mas para louvar a Deus.

E se Deus não existe não faz mal. O ouro do sino de ouro é neste mundo o único ouro de alma pura, o ouro no ar, o ouro da alegria. Não sei se isso acontece em Porangatu, Uruaçu ou outra cidade do sertão. Mas quem me contou foi um homem velho que esteve lá; contou dizendo: "eles têm um sino de ouro e acham que vivem disso, não se importam com mais nada, nem querem mais trabalhar; fazem apenas o essencial para comer e continuar a viver, pois acham maravilhoso ter um sino de ouro".

O homem velho me contou isso com espanto e desprezo. Mas eu contei a uma criança e nos seus olhos se lia seu pensamento: que a coisa mais bonita do mundo deve ser ouvir um sino de ouro. Com certeza é esta mesma a opinião de Deus, pois ainda que Deus não exista ele só pode ter a mesma opinião de uma criança. Pois cada um de nós quando criança tem dentro da alma seu sino de ouro que depois, por nossa culpa e miséria e pecado e corrupção, vai virando ferro e chumbo, vai virando pedra e terra, e lama e podridão.

Goiânia, março de 1951

A morta

Deu um grito, não bem um grito, um gemido tão alto e doloroso que ele mesmo acordou. Estava todo suado e trêmulo de susto: "ela vai morrer", pensava com angústia. Saltou da cama, foi até a janela aberta para a noite quente, de ar parado, ficou ali, sentindo que precisava acabar de acordar, deixar sair de sua cabeça aquela opressão que era como um bloco de nuvens baixas, escuras, de onde choviam pequenas pedras negras que o feriam. Choviam também cobras viscosas – e ele estava nu, descalço e nu, encerrado em um pátio de cimento, sem poder fugir. O céu descera até perto de sua cabeça, e as nuvens eram tão densas que comprimiam o ar, assim todo o seu corpo doía sob essa pressão, o pescoço doía de maneira intolerável.

"Mau jeito no travesseiro" – pensou. Então, ouviu, nos telhados vizinhos, os miados pungentes e longos de gatos no cio e compreendeu que aqueles gatos estavam miando há muito, como mulheres em dores de parto ou crianças torturadas. Sonhara tanta coisa, tanta coisa, que ainda tinha o peito opresso e a cabeça tonta. Tirou e jogou longe a calça e o paletó do pijama, atravessou o quarto nu, foi para baixo do chuveiro, abriu a torneira. Não havia água. Voltou com raiva, estirou-se assim na cama, os gatos estavam miando outra vez.

"Não posso dormir" – pensava. Os pesadelos o agarrariam outra vez. Levantou-se, encheu um copo de água na talha, lavou a cara, molhou os cabelos. Que calor! Foi ao banheiro, apanhou a toalha, voltou lá dentro para encher outro copo na talha, deitou um pouco nos pulsos, depois umedeceu a toalha, passou-a pelo corpo – mas cada vez parecia sentir mais calor. Sentou-se numa cadeira, pôs um braço sobre a mesa, apoiou nele a cabeça – "vou dormir assim" – pensou; e de súbito teve a revelação do que estivera sonhando. Havia uma mulher gritando de dor, morrendo, e aquela mulher era muito ligada a ele, alguém que ele amava, e que estava morrendo com longos, insuportáveis sofrimentos. Levantou-se.

Lembrou-se de que, na morte de Maria, todos o olhavam com assombro – sua calma, os olhos secos, a diligência e a precisão com que tomou várias providências enquanto outras pessoas choravam de desespero. E compreendeu que guardara dentro de si aquela morte, intacta em toda sua dor, como uma grande pedra de diamante se queimando por dentro. E carregara dentro de si anos e anos aquela morte. Vivera coisas humilhantes sem se humilhar, passara perigos e necessidades e sofrimentos com uma espécie de indiferença profunda e secreta – protegido por aquela morte que ele não quisera sofrer, que não chegara a chorar, que guardara tão fundo em si mesmo que não podia sentir quando ela doesse, que não podia ouvir os gritos rasgando o ar, a intolerável dor dele mesmo e de Maria morrendo.

E agora aquele calor da noite, os gatos miando, tudo o transportava através dos anos para outra cidade, outra casa – a casa em que estava alguém morrendo. Tudo mais – o horrível pátio de cimento, as nuvens baixas chovendo cobras enroladas em pedras, tudo fora apenas um instante ao despertar, seu sonho longo e doloroso foi a morte que ele não pudera evitar, a morte que veio da maneira mais cruel e que ele no seu egoísmo de animal jovem se negara a sentir, se negara terminantemente a pensar, se negara a sofrer.

    Vestiu-se rapidamente, telefonou pedindo um táxi, saiu, foi para um lugar onde se bebia e dançava, um amigo perguntou onde estivera até aquela hora da madrugada, ia respondendo – "em casa" –, respondeu – "por aí" –, porque falar em casa era falar na morta, e precisava esconder seu corpo dilacerado, seu sofrimento, sua intolerável agonia que não acabava nunca, nunca mais.

Rio, novembro de 1952

Queda do Iguaçu

Chegamos, e então aquilo tudo está acontecendo de maneira urgente, o mato, a água, as pedras, o ar. Aquilo está havendo naquele momento, como o movimento de um grande animal bruto e branco morrendo, cheio de uma espantosa vida desencadeada, numa agonia monstruosa, eterna, chorando, clamando. E até onde a vista alcança, num semicírculo imenso, há montes de água estrondando nesse cantochão, árvores tremendo, ilhas dependuradas, insanas, se toucando de arco-íris, nuvens voando para cima, como o espírito das águas trucidadas remontando para o sol, fugindo à torrente estreita e funda onde todas essas cachoeiras juntam absurdamente suas águas esmagadas, ferventes, num atropelo de espumas entre dois muros altíssimos de rocha.

E na terra em que pisamos junto ao abismo, a cara molhada, os pequenos bichos do mato se movem num perpétuo susto como se nosso movimento fosse uma traição acobertada pelo estrondo dessa catedral caindo absurda para as nuvens de vapor e espuma com toda uma orquestra de órgãos estrondando. Um avião passeia sobre as cataratas, mas ele ronda alto, como se tivesse medo de ser tragado pela respiração do monstro de água vibrando no ar. Do lado argentino, uma longa ponte sobre os saltos e um sábio caminho entre a floresta nos leva à intimidade de muitos saltos, num passeio maravilhoso que é um equilíbrio entre o idílico e o trágico, entre o mais suave segredo do mato e da água, o mais tímido murmúrio nas pedras e o grande estrondo da massa se precipitando no ar.

Um bando de papagaios passa para um lado, gritando; como em resposta vem depois, da mata escura, um bando de tucanos que, ao pousar, parecem estudar o equilíbrio entre o corpo e os grandes bicos coloridos. As borboletas invadem os caminhos e picadas, bandos e mais bandos, amarelas, vermelhas, azuis, com todos os caprichos do desenho e da cor, avançando no seu voo desarrumado e trêmulo, como flores tontas caídas da floresta sobre os caminhos úmidos.

Não, não há o que escrever sobre as quedas do Iguaçu; seria preciso viver longamente aqui, nesse mato alto, entre cobras, veados, antas e onças, em volta desse estrondo – e vir, nas manhãs e nas noites, vagar entre as nuvens e a espuma, a um canto do abismo fundo, com terror, com unção.

Foz do Iguaçu, março de 1951

Força de vontade

Refugou o copo de vinho que eu lhe oferecia; depois também não quis aceitar um cigarro. Não bebia, não fumava, não tinha nenhum vício. Tinha uma cara gorda e mole de padre, e falava com precisão sobre o custo da vida em São Paulo.

Contou-me por exemplo que seu pai, homem de 80 anos (que se lembra muito bem do tempo em que centenas de burros enchiam o largo do Arouche), seu pai, que mora na Quarta Parada, vai toda semana comprar carne em Mogi das Cruzes, onde é mais barata e mais bem servida. "Lá em casa comemos muito boa carne, todo dia" – disse ele com certa ênfase.

Não, não era casado – morava com os pais, que sustentava com seu trabalho. "Aliás" – me disse subitamente, com um brilho nos olhos e as mãos trêmulas como quem toma coragem para fazer uma confissão sensacional – "aliás este foi o primeiro ideal que me propus a realizar na vida. E realizei. Agora estou realizando o último dos meus três ideais."

Fiquei um instante indeciso, com medo de fazer perguntas. Nada, na figura daquele comerciante, faria à primeira vista supor que tivesse ideais, nem faria suspeitar aquela tensão com que subitamente começou a me falar. Eu me sentara por acaso ao seu lado na mesa daquele hotel em Foz do Iguaçu.

"Visitar pelo menos um país estrangeiro. Por isto vim nesta excursão. Hoje pela manhã já cumpri o que prometera a mim mesmo: fui ao Paraguai. Agora, depois do almoço, vou à Argentina. O outro ideal que me propus e também já cumpri era ter um diploma."

Não lhe perguntei que diploma tinha, e agora me lembro de que, desgraçadamente, me esqueci de reparar se havia algum anel de grau em seu dedo. Mas suponho que seja de Direito, pois quem quer ter um diploma e não faz muita questão de qual seja ele, desde que seja um diploma, acaba sendo bacharel em Direito.

"Há pouco tempo recusei uma boa posição em uma grande companhia para não me mudar para o Rio." Achei polido concordar com ele em que viver em São Paulo, sob certo ponto de vista, é na verdade mais interessante. "Não sei" – disse ele. "Eu não podia ir para o Rio. Eu não conheço o Rio. Agora, sim, posso ir conhecer o Rio." E então me explicou que seu sistema era este: para cumprir cada um de seus três ideais pusera ele mesmo um obstáculo diante de cada um. Como tinha desde criança muita vontade de ir ao Rio, resolvera não o fazer enquanto não cumprisse seu ideal número 3 – isto é, enquanto não visitasse pelo menos um país estrangeiro. O mesmo fizera em relação aos outros dois ideais. Por um momento tive a impressão de que ia me contar qual tinha sido a promessa que fizera em relação aos outros dois ideais – mas creio que ele achou que já se abrira demasiado comigo. Talvez o desanimasse minha cara meio sonolenta depois do vinho tinto do almoço, naquele dia quente.

Pouco depois ele seguiu, com o grupo de turistas de que fazia parte, para visitar as quedas e ir ao lado argentino. Só o vi depois do jantar e, como eu estava muito bem-disposto, me aproximei dele. Eu estava em uma roda em que se bebia alegremente uma boa *caña* paraguaia e insisti para que viesse tomar um cálice: "afinal v. deve estar contente hoje, precisa comemorar. Você realizou o terceiro e último ideal de sua vida – e em duplicata: visitou dois países estrangeiros!"

Embora ele recusasse o convite, sentei-me um momento a seu lado. "Sim" – disse ele – "eu provei minha força de vontade: realizei tudo o que prometera a mim mesmo um dia. E foi duro – tive de passar muitas necessidades e me esforçar muito. Quando eu era rapazinho eu não tinha força de vontade – mas hoje tenho a prova de que qualquer homem pode ter muita força de vontade – é uma coisa formidável."

Voltei para a roda, onde se bebia e se contavam anedotas. Logo depois resolvemos todos sair para dar uma volta em automóvel. Convidei o homem da força de vontade – havia um lugar no carro. Ele não aceitou. Ficou ali no saguão do hotel – e quando voltei para apanhar minha lanterna que esquecera, surpreendi a expressão de seu rosto: estava sério, triste e ao mesmo tempo com um ar tão aparvalhado e tão vazio como um homem que não tivesse coisa alguma a fazer na vida e acabasse de descobrir isso.

Foz do Iguaçu, março de 1951

O TELEFONE

Honrado Senhor Diretor da Companhia Telefônica:
Quem vos escreve é um desses desagradáveis sujeitos chamados assinantes; e do tipo mais baixo: dos que atingiram essa qualidade depois de uma longa espera na fila.

Não venho, senhor, reclamar nenhum direito. Li o vosso Regulamento e sei que não tenho direito a coisa alguma, a não ser a pagar a conta. Esse Regulamento, impresso na página 1 de vossa interessante Lista (que é meu livro de cabeceira), é mesmo uma leitura que recomendo a todas as almas cristãs que tenham, entretanto, alguma propensão para o orgulho ou soberba. Ele nos ensina a ser humildes; ele nos mostra o quanto nós, assinantes, somos desprezíveis e fracos.

Aconteceu por exemplo, senhor, que outro dia um velho amigo deu-me a honra e o extraordinário prazer de me fazer uma visita. Tomamos uma modesta cerveja e falamos de coisas antigas – mulheres que brilharam outrora, madrugadas dantanho, flores doutras primaveras. Ia a conversa quente e cordial, ainda que algo melancólica, tal soem ser as parolas vadias de cupinchas velhos – quando o telefone tocou. Atendi. Era alguém que queria falar ao meu amigo. Um assinante mais leviano teria chamado o amigo para falar. Sou, entretanto, um severo respeitador do Regulamento; em vista do que comuniquei ao meu amigo que alguém lhe queria falar, o que infelizmente eu não podia permitir; estava, entretanto, disposto a tomar e transmitir qualquer recado. Irritou-se o amigo, mas fiquei inflexível, mostrando-lhe o artigo 2 do

Regulamento, segundo o qual o aparelho instalado em minha casa só pode ser usado "pelo assinante, pessoas de sua família, seus representantes ou empregados".

Devo dizer que perdi o amigo, mas salvei o Respeito ao Regulamento; *dura lex sed lex*; eu sou assim. Sei também (artigo 4) que se minha casa pegar fogo terei de vos pagar o valor do aparelho – mesmo se esse incêndio (artigo 9) for motivado por algum circuito organizado pelo empregado da Companhia com o material da Companhia. Sei finalmente (artigo 11) que se, exausto de telefonar do botequim da esquina a essa distinta Companhia para dizer que meu aparelho não funciona, eu vos chamar e vos disser, com lealdade e com as únicas expressões adequadas, o meu pensamento, ficarei eternamente sem telefone, pois "o uso de linguagem obscena constituirá motivo suficiente para a Companhia desligar e retirar o aparelho".

Enfim, senhor, eu sei tudo; que não tenho direito a nada, que não valho nada, não sou nada. Há dois dias meu telefone não fala, nem ouve, nem toca, nem tuge, nem muge. Isso me trouxe, é certo, um certo sossego ao lar. Porém amo, senhor, a voz humana; sou uma dessas criaturas tristes e sonhadoras que passa a vida esperando que de repente a Rita Hayworth me telefone para dizer que o Ali Khan morreu e ela está ansiosa para gastar com o velho Braga o dinheiro de sua herança, pois me acha muito simpático e insinuante, e confessa que em Paris muitas vezes se escondeu em uma loja defronte do meu hotel só para me ver entrar.

Confesso que não acho tal coisa provável: o Ali Khan ainda é moço, e Rita não tem o meu número. Mas é sempre doloroso pensar que se tal coisa acontecesse eu jamais saberia – porque meu aparelho não funciona. Pensai nisso, senhor: pensai em todo o potencial tremendo de perspectivas azuis que morre diante de um telefone que dá sempre sinal de ocupado – *cuém cuém cuém* – quando na verdade está quedo e mudo na minha modesta sala de jantar. Falar nisso, vou comer; são horas. Vou comer contemplando tristemente o aparelho silencioso, essa esfinge de matéria plástica: é na verdade algo que supera o rádio e a televisão, pois transmite não sons nem imagens, mas sonhos errantes no ar.

Mas batem à porta. Levanto o escuro garfo do magro bife e abro. Céus, é um empregado da Companhia! Estremeço de emoção. Mas ele me estende um papel: é apenas o cobrador. Volto ao bife, curvo a cabeça, mastigo devagar, como se estivesse mastigando meus pensamentos, a longa tristeza de minha humilde vida, as decepções e remorsos. O telefone continuará mudo; não importa: ao menos é certo, senhor, que não vos esquecestes de mim.

Rio, março de 1951

A PRAÇA

Aquela hora que você disse eu não estava lá; viajei no sábado, começando por Niterói. Que ar existe nessa praça Martim Afonso que eu conheço de tão antigamente e sempre me parece prestes a explodir em paralelepípedos e bondes? Nunca ninguém se demora ali. Há apenas transeuntes que a atravessam com a inquietação dos atropelamentos, a praça é feia, todas as pessoas se encaminham penosamente para uma condução, porém há sempre outros veículos que chegam primeiro e custam a passar e entrementes um outro casal toma um táxi, parte um ônibus para a esquerda, a direita ou os fundos, os cafés estão sempre cheios de gente com pressa, há sempre um garçom discutindo com outro e uma fila para barcas e lanchas e todos têm pressa em se retirar como se temessem algo desagradável. Esse algo desagradável é a explosão dramática da praça, com anúncios em gás néon rebentando, os fios saltando, os motores soltando ondas de fumaça negra que fabricarão em plena hora de sol mortificante uma noite cortada pelo colorido espantoso do incêndio de uma dessas eternas barracas de fogos juninos.

Essa iminência dramática jamais cumprida da praça Martim Afonso nos faz saudar com certo respeito os batedores de carteira e os mascates, nossos prováveis companheiros de catástrofe, pois sempre em Niterói encontramos uma cara conhecida que nunca lembramos de onde e no fundo não é conhecida em absoluto; subitamente o mar sujo e escravo começa a dar bofetadas raivosas na pedra como um amante irritado – *lapt, lapt, lapt* – e ao mesmo tempo desce um calor tão súbito que as crianças de colo começam a chorar, as mães dão palmadas nos mais crescidinhos que no meio daquela aflição querem comprar um sorvete que significaria a perda do bonde e a perdição definitiva da alma dessas pessoas comumente carregadas de embrulhos – por que, Senhor, se carrega sempre tanto embrulho na praça Martim Afonso em Niterói? – e há diariamente dezenas de embrulhos que são esquecidos nas barcas, lanchas, bondes, ônibus, lotações, balcões de mármore dos cafés onde aparelhos metálicos enviam jatos de vapor, as colherinhas caem no chão e o garçom não traz o troco e um sujeito quebra os óculos e comemora o caso com um rápido palavrão que faz com que o menino de cinco anos o olhe com certa estranheza pensando "é feio o pai dizer isso".

Depois, amor, depois me arremessei através de tudo, ergui os fios dos bondes e passei, arrebentei os motores dos ônibus e passei, creio que derrubei guardas a cavalo, que venci uma barragem de morteiros chineses, e passei, atropelei mulher gorda e passei, ainda que suado e molhado, apedrejado de insultos eu passei, pisei na gravata preta de um chofer e passei – eu estava terrível e surpreendentemente rápido como se os paralelepípedos fossem de borracha ou de fogo, eu abri caminho de cara fechada e brandindo um pesado embrulho cor-de-rosa, eu perdi oitenta e três cruzeiros, minha paciência caiu três metros além dos últimos limites e quebrou o pescoço e eu passei.

Depois, amor, séculos depois, houve um silêncio e uma brisa fresca junto do bambual entardecendo. Meus braços voltaram docemente aos meus ombros; tirei do bolso um lenço tão limpo, tão branco, fiquei sentado no chão, triste, feliz, pensando em ti. Sereno.

Rio, abril de 1951

O senhor

Carta a uma jovem que, estando em uma roda em que dava aos presentes o tratamento de "você", se dirigiu ao autor chamando-o "o senhor":

Senhora –

Aquele a quem chamastes senhor aqui está, de peito magoado e cara triste, para vos dizer que senhor ele não é, de nada, nem ninguém.

Bem o sabeis, por certo, que a única nobreza do plebeu está em não querer esconder sua condição e esta nobreza tenho eu. Assim, se entre tantos senhores ricos e nobres a quem chamáveis "você" escolhestes a mim para tratar de "senhor", é bem de ver que só poderíeis ter encontrado essa senhoria nas rugas de minha testa e na prata de meus cabelos. Senhor de muitos anos, eis aí; o território onde eu mando é no país do tempo que foi. Essa palavra "senhor", no meio de uma frase, ergueu entre nós dois um muro frio e triste.

Vi o muro e calei. Não é de muito, eu juro, que me acontece essa tristeza; mas também não era a vez primeira. De começo eram apenas os "brotos" ainda mal núbeis que me davam senhoria; depois assim começaram a tratar-me as moças de dezoito a vinte, com essa mistura de respeito, confiança, distância e desprezo que é o sabor dessa palavra melancólica. Sim, eu vi o muro; e, astuto ou desanimado, calei. Mas havia na roda um rapaz de ouvido fino e coração cruel; ele instou para que repetísseis a palavra; fingistes não entender o que ele pedia, e voltastes a dizer a frase sem usar nem "senhor", nem "você". Mas o danado insistiu e denunciou o que ouvira e que, no embaraço de vossa delicadeza, evitáveis repetir. Todos riram, inclusive nós dois. A roda era íntima e o caso era de riso.

O que não quer dizer que fosse alegre; é das tristezas que rimos de coração mais leve. Vim para casa e como sou um homem forte, olhei-me ao espelho; e como tenho minhas fraquezas, fiz um soneto. Para vos dar o tom, direi que no fim do segundo quarteto eu confesso que às vezes já me falece valor "para enfrentar o tédio dos espelhos"; e no último terceto digo a mim mesmo: "Volta, portanto, a cara e vê de perto/ a cara, a tua cara verdadeira/ ó Braga envelhecido, envilecido."

Sim, a velhice é coisa vil; Bilac o disse em prosa, numa crônica, ainda que nos sonetos ele almejasse envelhecer sorrindo. Não sou Bilac; e nem me dá consolo, mas tristezas, pensar que as musas desse poeta andam por aí encanecidas e murchas, se é que ainda andam e já não desceram todas à escuridão do túmulo. Vivem apenas, eternamente moças e lindas, na música de seus versos, cheios de sol e outras estrelas. Mas a verdade (ouvi, senhora, esta confissão de um senhor ido e vivido, ainda que mal e tristemente), a verdade não é o tempo que passa, a verdade é o instante. E vosso instante é de graça, juventude e extraordinária beleza. Tendes todos os direitos; sois um belo momento da aventura do gênero humano sobre a terra. De trás do meu muro frio eu vos saúdo e canto. Mas ser senhor é triste; eu sou, senhora, e humildemente, o vosso servo – R. B.

Rio, abril de 1951

Quermesse

De repente, os barris de chope começaram a produzir champanha; e a menina de amarelo subiu na árvore iluminada com uma extraordinária rapidez; saltou, mas veio descendo lentamente, como se nadasse no ar, sorrindo; e a charanga em uniforme da Guerra do Paraguai atacou o Dobrado Maior.

Então toda a multidão regressou alegremente à infância e começou a marchar por dentro de si mesma conduzindo flores e ninguém mais prestou atenção ao sorteio das prendas, a não ser um preto extraordinariamente triste, um homem preto de óculos escuros, magro e calado como um santo, que recebera por prêmio um país agrícola, porém não dispunha de meios para combater a saúva nem a devassidão dos aborígenes; mas este mesmo sorria, ainda que com timidez.

Eu fiquei tão feliz que me nasceu uma flor na lapela e uma namorada no braço; e marchava entre árvores feéricas. Quando ouvimos os primeiros tiros, nós todos deitamos no chão e respondemos alegremente; as metralhadoras derrubavam flores, mas as flores viraram pássaros e saíram voando até conseguirem formar no céu a palavra Paz; então nos levantamos rindo e nos abraçamos com aleluias. Um menino de cinco anos, mulatinho de olhos verdes, com seu gorro de marinheiro, lançou-se rindo nos meus braços, mas imediatamente galgou o peitoril do palácio e naquele instante se achava sozinho no salão dos doces, perante o Grande Bolo Iluminado.

Então tivemos a consciência de que estávamos sendo televisionados e minha namorada se disfarçou numa jovem casuarina; sentei-me no chão, apoiei a cabeça no seu tronco e adormeci.

Quando acordei, ela era outra vez mulher e passava a mão na minha cabeça e me dizia: "agora eu me chamo Teresa". Eu não quis perguntar por quê; tive receio de que ela me contasse alguma coisa triste e então me ergui dizendo rapidamente: "vamos ao Pavilhão La Fieste onde há gôndolas de cristal na água azul e distribuição de laranja-cravo; vamos assistir à corrida das Zebras Imperiais e ver a Girafa que planta bananeira, dizem que é uma coisa louca".

Ela, porém, fez um sorriso de dúvida, ou de pena, e partiu. Quando olhei em torno vi que não havia mais ninguém.

Eu estava sozinho na penumbra e no silêncio; sentei-me em um banco de pedra e fiquei apenas olhando uma parede cinzenta, uma parede fria, uma parede lisa, triste. Uma parede.

Rio, junho de 1951

Odabeb

Contam de Murilo Mendes que um dia ele ia passando com um amigo por uma rua de Botafogo quando viu uma mulher na janela de um sobrado. Deu uma coisa no poeta, ele se deteve na calçada fronteira, ergueu o braço e gritou:

— Meus parabéns, minha senhora. Está uma coisa belíssima! Mulher na janela! Há muito tempo não se via! Está belíssimo!

A senhora, assustada, fechou a janela bruscamente, achando que estava diante de um louco. Mas o poeta prosseguiu seu caminho com o sentimento do dever cumprido.

Também contam que um bêbado ia pela rua e um enorme jacaré ia atrás dele. Cada vez que o homem entrava em um bar o jacaré gritava: bêbado! Quando o homem saía de um bar para entrar em outro, o jacaré gritava outra vez: bêbado! Até que uma hora o homem perdeu a paciência, agarrou o jacaré pelos queixos e o virou pelo avesso, jogando-o a um canto da calçada. Quando saiu do bar o jacaré lhe disse – odabeb! – que é bêbado de trás para diante.

Há outras histórias, mas penso nessa. Não matamos o nosso jacaré, nem nenhum outro bicho; apenas o que fazemos é virá-lo pelo avesso, o que é lamentável, mas ineficiente. E a última mulher na janela foi lá dentro atender ao telefone. Os prédios são altos e se espreitam traiçoeiramente com binóculos na sombra. E como todo mundo tem mais o que fazer, os poetas se tornam incômodos. Virá-los pelo avesso não é solução. Eles não silenciam – e você, que não entende os versos, pensa que ele não está querendo dizer nada. Mas "se meu verso não deu certo, foi seu ouvido que entortou", disse um mestre. Os pintores também foram virados pelo avesso, mas continuam a pintar tudo tão insistentemente que, vendo suas telas, uma pessoa mal informada pode pensar que o mundo é que foi virado pelo avesso.

A classe burguesa levou mais de um século para se abster, e não completamente, de ensinar moral aos seus artistas. A classe proletária começa agora a impor sua moral, em outra fútil e dolorosa campanha.

Deem-lhe tempo: ao fim de algumas gerações ela obterá centenas de pintores condecorados e acatados, músicos e poetas importantíssimos em suas academias – mas nenhum artista. O artista, virado pelo avesso, dirá apenas: odabeb. E muitos dos homens felizes consigo mesmos e com suas ideias e com sua vida ficarão desconfiados; e alguns ficarão pálidos.

Rio, abril de 1951

Os jornais

Meu amigo lança fora, alegremente, o jornal que está lendo e diz:

— Chega! Houve um desastre de trem na França, um acidente de mina na Inglaterra, um surto de peste na Índia. Você acredita nisso que os jornais dizem? Será o mundo assim, uma bola confusa, onde acontecem unicamente desastres e desgraças? Não! Os jornais é que falsificam a imagem do mundo. Veja por exemplo aqui: em um subúrbio, um sapateiro matou a mulher que o traía. Eu não afirmo que isso seja mentira. Mas acontece que o jornal escolhe os fatos que noticia. O jornal quer fatos que sejam notícias, que tenham conteúdo jornalístico. Vejamos a história deste crime. "Durante os três primeiros anos o casal viveu imensamente feliz..." Você sabia disso? O jornal nunca publica uma nota assim:

"Anteontem, cerca de 21 horas, na rua Arlinda, no Méier, o sapateiro Augusto Ramos, de 28 anos, casado com a senhora Deolinda Brito Ramos, de 23 anos de idade, aproveitou-se de um momento em que sua consorte erguia os braços para segurar uma lâmpada para abraçá-la alegremente, dando-lhe beijos na garganta e na face, culminando em um beijo na orelha esquerda. Em vista disso, a senhora em questão voltou-se para o seu marido, beijando-o longamente na boca e murmurando as seguintes palavras: 'Meu amor', ao que ele retorquiu: 'Deolinda'. Na manhã seguinte, Augusto Ramos foi visto saindo de sua residência às 7h45 da manhã, isto é, 10 minutos mais tarde do que o habitual, pois se demorou, a

pedido de sua esposa, para consertar a gaiola de um canário-
-da-terra de propriedade do casal."

— A impressão que a gente tem, lendo os jornais – continuou meu amigo – é que "lar" é um local destinado principalmente à prática de "uxoricídio". E dos bares, nem se fala. Imagine isto:

"Ontem, cerca de 10 horas da noite, o indivíduo Ananias Fonseca, de 28 anos, pedreiro, residente à rua Chiquinha, sem número, no Encantado, entrou no bar Flor Mineira, à rua Cruzeiro, 524, em companhia de seu colega Pedro Amâncio de Araújo, residente no mesmo endereço. Ambos entregaram-se a fartas libações alcoólicas e já se dispunham a deixar o botequim quando apareceu Joca de tal, de residência ignorada, antigo conhecido dos dois pedreiros, e que também estava visivelmente alcoolizado. Dirigindo-se aos dois amigos, Joca manifestou desejo de sentar-se à sua mesa, no que foi atendido. Passou então a pedir rodadas de conhaque, sendo servido pelo empregado do botequim, Joaquim Nunes. Depois de várias rodadas, Joca declarou que pagaria toda a despesa. Ananias e Pedro protestaram, alegando que eles já estavam na mesa antes. Joca, entretanto, insistiu, seguindo-se uma disputa entre os três homens, que terminou com a intervenção do referido empregado, que aceitou a nota que Joca lhe estendia. No momento em que trouxe o troco, o garçom recebeu uma boa gorjeta, pelo que ficou contentíssimo, o mesmo acontecendo aos três amigos que se retiraram do bar alegremente, cantarolando sambas. Reina a maior paz no subúrbio do Encantado, e a noite foi bastante fresca, tendo dona Maria, sogra do comerciário Adalberto Ferreira, residente à rua Benedito, 14, senhora que sempre foi muito friorenta, chegado a puxar o cobertor, tendo depois sonhado que seu netinho lhe oferecia um pedaço de goiabada."

E meu amigo:

— Se um repórter redigir essas duas notas e levá-las a um secretário de redação, será chamado de louco. Porque os jornais noticiam tudo, tudo, menos uma coisa tão banal de que ninguém se lembra: a vida...

Rio, maio de 1951

Quinca Cigano

Entre os números que contam a grandeza do município de Cachoeiro de Itapemirim há este, capaz de espantar o leitor distraído: 25.379 pios de aves, anualmente. Não, a Prefeitura não espalhou pela cidade e distritos equipes de ouvidores municipais, encarregados de tomar nota cada vez que uma avezinha pia. Trata-se de pios feitos para caçadores. E quem os faz é uma família de caçadores de ouvido fino – os Coelho, cujas três gerações moram na mesma e linda ilha, onde o rio se precipita naquele encachoeirado, ou cachoeiro, que deu o nome à cidade.

Trata-se de um artesanato sutil; não lhe basta a perícia técnica de delicados torneiros que faz, desses pios bem-acabados, pequenas obras de arte; exige uma sensibilidade que há de estar sempre aguçada. Direis que é uma arte assassina; e na verdade, incontáveis milhares de bichos do Brasil e da América do Sul já morreram por acreditar, em um momento de fome ou de amor, naqueles pios imaginados entre os murmúrios do Itapemirim.

Dizem que os Coelho fazem até, em segredo, pios para caçar mulher. Famosa caçada é essa, em que não raro é o caçador a presa da caça. Não sei. Ainda que eu seja Coelho pela parte de mãe, devo ser de outro ramo, visto que nunca me deram um pio desses. Nem quero.

De minha família acho que saí mais ao tio segundo Quinca Cigano, nascido na lavoura mas vivido pelos caminhos, e que vivia de barganhar. Barganhava uma coisa por outra, e depois mais outra; e não sei o que arrumava, que depois de muito andar pelo mundo, voltava sempre ao Cachoeiro, tendo apenas de seu um cavalo magro e triste. Chegava sempre de noite, como um ladrão; e, como um ladrão, dava a volta por cima do morro e ficava parado, no escuro, atrás da tela da cozinha, esperando. Quando minha mãe ia à cozinha fazer o último café, Quinca Cigano, lá do escuro, murmurava seu nome. Ela se assustava; mas ele logo dizia, com sua voz que a poeira dos caminhos e a cachaça das vendinhas fazia cada vez mais rouca: "É Quinca".

Entrava; recebia, calado, comida para ele e seu cavalo. Tomava um banho, dormia – e de manhã cedo, de roupa limpa e barba feita, estava na sala de visitas conversando com meu pai. Movendo lentamente sua cadeira de balanço, meu pai lhe dava um cigarro de palha, e perguntava: "Então, Quinca?" Ele dizia que ia voltar para a família, para o sítio; agora queria derrubar aquela mata que dava para o sítio do Sobreira, formar um cafezal; ia fazer uma manga maior para os porcos; e comentava o preço do arroz e a queda das chuvas. Meu pai o ouvia, muito sério. Sabia que Quinca era sincero naquele momento; e também que alguns dias depois ele sumiria outra vez pelo mundo, no trote do seu cavalo, o cigano solitário.

Feito Quinca Cigano, eu também só tenho caçado brisas e tristeza. Mas tenho outros pesos na massa de meu sangue. Estou cansado; quero parar, engordar, morrer. Que os Coelho da ilha me arranjem um pio, não para caçar mulher, mas para caçar sossego. Deve ser um pio triste, mas tão triste que, a gente piando ele, só escute depois, nesse mato inteiro, um grande silêncio, o silêncio de todos os bichos tristes. Eu não quero, como Quinca Cigano, sair pelo mundo caçando passarinho verde. Passarinho verde não existe; e quem disse que viu, ou ensandeceu ou mentiu.

Rio, maio de 1951

Partilha

Os irmãos se separam e então um diz assim:

"Você fique com o que quiser, eu não faço questão de nada; mas se você não se incomoda, eu queria levar essa rede. Você não gosta muito de rede, quem sempre deitava nela era eu.

"O relógio da parede eu estou acostumado com ele, mas você precisa mais de relógio do que eu. O armário grande do quarto e essa mesa de canela e essa tralha de cozinha, e o guarda-comida também. Tudo isso é seu.

"O retrato de nossa irmã você fica com ele também: deixa comigo o de mãe, pois foi a mim que ela deu: você tinha aquele dela de chapéu, e você perdeu. O tinteiro de pai é seu; você escreve mais carta; e até que escreve bonito, você sabe que eu li sua carta para Júlia.

"Essas linhas e chumbadas, o puçá e a tarrafa, tudo fica sendo seu; você não sabe nem empatar um anzol, de maneira que para mim é mais fácil arrumar outro aparelho no dia que eu quiser pescar.

"Agora, tem uma coisa, o canivete. Pensei que você tivesse jogado fora, mas ontem estava na sua gaveta e hoje eu acho que está no seu bolso, meu irmão.

"Ah, isso eu faço questão, me dê esse canivete. O fogão e as cadeiras, a estante e as prateleiras, os dois vasos de enfeite, esse quadro e essa gaiola com a coleira e o alçapão, tudo é seu; mas o canivete é meu. Aliás, essa gaiola fui eu que fiz com esse canivete me ajudando. Você não sabe lidar com canivete, você na sua vida inteira nunca soube descascar uma laranja direito, mas para outras coisas você é bom. Eu sei que ele está no seu bolso.

"Eu estou dizendo a você que tudo que tem nesta casa, menos o retrato de mãe – a rede mesmo eu não faço questão, embora eu goste mais de rede e fui sempre eu que consertei o punho, assim como sempre fui eu que consertei a caixa do banheiro, e a pia do tanque, você não sabe nem mudar um fusível, embora você saiba ganhar mais dinheiro do que eu; eu vi o presente que você deu para Júlia, ela que me mostrou, meu irmão; pois nem a rede eu faço questão, eu apenas acho direito ficar com o retrato de mãe, porque o outro você perdeu.

"Me dê esse canivete, meu irmão. Eu quero guardar ele como recordação. Quem me perguntar por que eu gosto tanto desse canivete eu vou dizer: é porque é lembrança de meu irmão. Eu vou dizer: isso é lembrança de meu irmão que nunca soube lidar com um canivete, assim como de repente não soube mais lidar com seu próprio irmão. Ou então me dá vergonha de contar e eu digo assim: esse canivete é lembrança de um homem bêbado que antigamente era meu amigo, como se fosse um irmão. Eu estarei dizendo a verdade, porque eu acho que você nunca foi meu irmão.

"Eu sou mais velho que você, sou mais velho pouca coisa, mas sou mais velho, de maneira que posso dar conselho: você nunca mais na sua vida, nunca mais puxe canivete para um homem; canivete é serventia de homem, mas é arma de menino, meu irmão. Quando você estiver contrariado com um homem, você dê um tiro nele com sua garrucha; pode até matar à traição; nós todos nascemos para morrer. De maneira que, se você morresse agora, não tinha importância; mas eu não estou pensando em matar você, não. Se eu matasse, estava certo, estava matando um inimigo; não seria como você que levantou a arma contra seu irmão.

"Bem, mas veja em que condições você me dá esse canivete; um homem andar com uma coisa suja dessas no bolso; não há nada, eu vou limpar ele; nem para isso você presta; mas para outras coisas você é bom.

"Agora fique sossegado, tudo que tem aí é seu. Adeus, e seja feliz, meu irmão."

Rio, junho de 1951

Manifesto

Aos operários da construção civil: Companheiros –
Que Deus e Vargas estejam convosco. A mim ambos desamparam; mas o momento não é de queixas, e sim de luta. Não me dirijo a toda a vossa classe, pois não sou um demagogo. Sou um homem vulgar, e vejo apenas (mal) o que está diante de meus olhos. Estou falando, portanto, com aqueles dentre vós que trabalham na construção em frente de minha janela. Um carrega quatro grandes tábuas ao ombro; outro grimpa, com risco de vida, a precária torre do enguiçado elevador; qual bate o martelo, qual despeja nas formas o cimento, qual mira a planta, qual usa a pá, qual serra (o bárbaro) os galhos de uma jovem mangueira, qual ajusta, neste momento, um pedaço de madeira na serra circular.

Espero. Olho este último homem. Tem o ar calmo, veste um macacão desbotado, uma espécie de gorro pardo na cabeça, um lápis vermelho na orelha, uma trena no bolso de trás; e, pela cara e corpo, não terá mais de 25 anos. Parece um homem normal; vede, porém, o que faz. Já ajustou a sua tábua; e agora a empurra lentamente contra a serra que gira. Começou. Um guincho alto, agudo e ao mesmo tempo choroso domina o batecum dos martelos e rompe o ar. Dir-se-ia o espasmo de um gato de metal, se houvesse gatos de metal. Varando o lenho, o aço chora; ou é a última vida da árvore arrancada do seio da floresta que solta esse grito lancinante e triste? De momento a momento seu estridor me vara os ouvidos como imponderável pua.

Além disso, o que me mandais, irmãos, são outros ruídos e muita poeira; dentro de uns cinco dias tereis acabado o esqueleto do segundo andar e então me olhareis de cima. E ireis aos poucos subindo para o céu, vós que começastes a trabalhar em um buraco do chão.

Então me tereis vedado todo o sol da manhã. Minha casa ficará úmida e sombria; e ireis subindo, subindo. Já disse que não me queixo; já disse: melhor, cronicarei à sombra, inventarei um estilo de orquídea para estas minhas flores de papel.

Nossos ofícios são bem diversos. Há homens que são escritores e fazem livros que são como verdadeiras casas, e ficam. Mas o cronista de jornal é como o cigano que toda noite arma sua tenda e pela manhã a desmancha, e vai.

Vós ides subindo, orgulhosos, as armações que armais, e breve estareis vendo o mar a leste e as montanhas azuladas a oeste. Oh, insensatos! Quando tiverdes acabado, sereis desalojados de vosso precário pouso e devolvidos às vossas favelas; ireis tão pobres como viestes, pois tudo o que ganhais tendes de gastar; ireis, na verdade, ainda mais pobres do que sois, pois também tereis gastado algo que ninguém vos paga, que é a força de vossos braços, a mocidade de vossos corpos.

E ficará aqui um edifício alto e branco, feito por vós. Voltai uma semana depois e tentai entrar nele; um homem de uniforme vos barrará o passo e perguntará a que vindes e vos olhará com desconfiança e desdém. Aquele homem representa outro homem que se chama o proprietário; poderoso senhor que se apoia na mais sólida das ficções, a que se chama propriedade. O homem da serra circular estará, certamente, com o ouvido embotado; em vossos pulmões haverá lembrança de muita serragem e muito pó, e se algum de vós despencou do alto, sua viúva receberá o suficiente para morrer de fome um pouco mais devagar.

    Não penseis que me apiedo de vós. Já disse que não sou demagogo; apenas me incomodais com vossa vã atividade. Eu vos concito, pois, a parar com essa loucura – hoje, por exemplo, que o céu é azul e o sol é louro, e a areia da praia é tão meiga. Na areia poderemos fazer até castelos soberbos, onde abrigar o nosso íntimo sonho. Eles não darão renda a ninguém, mas também não esgotarão vossas forças. É verdade que assim tereis deixado de construir o lar de algumas famílias. Mas ficai sossegados: essas famílias já devem estar morando em algum lugar, provavelmente muito melhor do que vós mesmos.

    Ouvi-me, pois, insensatos; ouvi-me a mim e não a essa infame e horrenda serra que a vós e a mim tanto azucrina. Vamos para a praia. E se o proprietário vier, se o governo vier, e perguntar com ferocidade: "estais loucos?" – nós responderemos: "Não, senhores, não estamos loucos; estamos na praia jogando peteca." E eles recuarão, pálidos e contrafeitos.

Rio, julho de 1951

Em Capri

Vamos pela estrada de Tibério entre muros velhos e oliveiras. Todas as parreiras estão carregadas de cachos, e numa velha figueira os figos roxos de tão maduros se racham em bocas vermelhas. A terra dessas perambeiras é defendida por terraços de muros de pedra, para que as chuvas não a carreguem. Anteontem, depois do temporal, vi, em Caprile, três homens descerem à estrada, com pás, para recuperar a terra de sua lavoura, que a enxurrada arrastara. Tenho vontade de dizer a esses italianos: "emprestem Capri ao Brasil três anos e nós, técnicos em ajudar a erosão, lhes devolveremos um rochedo com alguns pastos secos e sem árvores..."

À medida que subimos, a ilha esplende, verde aos nossos olhos. Vamos ver o palácio assombroso do velho rei devasso e cruel: um palácio monstruoso, de pedras e tijolos, com mais de 300 quartos – que, entretanto, era apenas um entre os doze da ilha, nos tempos de Augusto e de Tibério. Esses homens de governo e ditadores de hoje, que mandam na metade do mundo, são bem medíocres perto desses imperadores de Roma; parecem comerciários, que só podem tomar sua pequena bebedeira nos sábados, à noite. E não é questão de temperamento. Por mais escravo que seja o povo de hoje em qualquer país, seu chefe também é escravo – ou das leis ou de sua própria demagogia.

Subimos para o grande palácio, sobre cujas ruínas de 2.000 anos o Catolicismo, vingativo, plantou uma igrejinha branca para celebrar sua vitória sobre esse espantoso mundo pagão. Capri viveu seu maior esplendor quando Cristo caminhava pelas estradas poeirentas para pregar aos homens rudes das aldeias pobres de uma colônia distante.

Paramos um pouco para descansar. Três meninos estão colhendo azeitonas. Uma velhinha incrivelmente velha se aproxima e fica me olhando. Tenho a impressão de que precisa de alguma coisa. Animo-a com um *buon giorno* cordial. Ela me pede um cigarro.

Dou-lhe três ou quatro. Ela agradece – e dispara, com uma agilidade surpreendente, pela colina abaixo, sumindo atrás de um muro de pedra. Quando vou tocar a caminhada, ouço uma voz que me chama: a velhinha voltou para nos dar um grande cacho de uvas.

E deixamos de pensar nos impérios idos e por vir, nas crenças mortas e vivas, nas lutas sem fim da humanidade. A vida ainda pode ser, humildemente, uma coisa humana. Ainda existe o amor.

Ainda existe uma camponesa simples, que não sabe de onde venho nem quem sou – mas eu lhe dei uns cigarros e agora sua cara toda enrugada está brilhando de alegria porque ela pôde me dar, em agradecimento, um cacho de uvas.

Setembro de 1951

Do Carmo

Encontro na praia um velho amigo. Há anos que a vida nos jogou para lados diferentes, em profissões diversas; e nesses muitos anos apenas nos vimos ligeiramente uma vez ou outra. Mas aqui estamos de tanga, em pleno sol, e cada um de nós tem prazer em constatar que não envelheceu sozinho. E cata, com amável ferocidade, os sinais de decadência do outro. Lamentamo-nos, mas por pouco tempo; logo, num movimento de bom humor, resolvemos descobrir que, afinal de contas, nossa idade é confortável, e mesmo, bem pensadas as coisas, estimável. Quem viveu a vida sem se poupar, com a alma e o corpo, e recebeu todas as cargas em seus nervos pode conhecer, como nós dois, essa vaga sabedoria animal de envelhecer sem remorsos.

Lembramos os amigos de quinze a vinte anos atrás. Um enlouqueceu, outro morreu de beber, outro se matou, outro ficou religioso e muito rico; há outros que a gente encontra às vezes numa porta de cinema ou numa esquina de rua.

E Do Carmo?

Respondo que há uns dez anos atrás, quando andava pelo Sul, tive notícias de que ela estava na mesma cidade; mas não a vi. Nenhum de nós sabe que fim levou essa Maria do Carmo de cabelos muito negros e olhos quase verdes, a alta e bela Do Carmo. E sua evocação nos comove, e quase nos surpreende, como se, de súbito, ela estivesse presente na praia e estirasse seu corpo lindo entre nós dois, na areia. Falamos de sua beleza; nenhum de nós sabe que história pessoal o outro poderia contar sobre Do Carmo, mas resistimos sem esforço à tentação de fazer perguntas; não importa o que tenha havido; afinal foi com outro homem, nem eu, nem ele, que Do Carmo partiu para seu destino; e a verdade é que deixou nele e em mim a mesma lembrança misturada de adoração e de encanto.

Não teria sentido reencontrá-la hoje; dentro de nós ela permanece como um encantamento, em seu instante de beleza. Maria do Carmo "é uma alegria para sempre", e sua lembrança nos faz mais amigos.

Depois falamos de negócios, família, política, a vida de todo o dia. Voltamos ao nosso tempo, regressamos a hoje e tornamos a voltar. E de súbito corremos para a água e mergulhamos, com o vago sentimento de que essa água sempre salgada, impetuosa e pura, não limpa somente a areia de nosso corpo; tira também um pouco a poeira que na alma vai deixando a passagem das coisas e do longo tempo.

Rio, novembro de 1951

Natal

É noite de Natal, e estou sozinho na casa de um amigo, que foi para a fazenda. Mais tarde talvez saia. Mas vou me deixando ficar sozinho, numa confortável melancolia, na casa quieta e cômoda. Dou alguns telefonemas, abraço à distância alguns amigos. Essas poucas vozes, de homem e de mulher, que respondem alegremente à minha, são quentes, e me fazem bem. "Feliz Natal, muitas felicidades!"; dizemos essas coisas simples com afetuoso calor; dizemos e creio que sentimos; e como sentimos, merecemos. Feliz Natal!

Desembrulho a garrafa que um amigo teve a lembrança de me mandar ontem; vou lá dentro, abro a geladeira, preparo um uísque, e venho me sentar no jardinzinho, perto das folhagens úmidas. Sinto-me bem, oferecendo-me este copo, na casa silenciosa, nessa noite de rua quieta. Este jardinzinho tem o encanto sábio e agreste da dona da casa que o formou. É um pequeno espaço folhudo e florido de cores, que parece respirar; tem a vida misteriosa das moitas perdidas, um gosto de roça, uma alegria meio caipira de verdes, vermelhos e amarelos.

Penso, sem saudade nem mágoa, no ano que passou. Há nele uma sombra dolorosa; evoco-a neste momento, sozinho, com uma espécie de religiosa emoção. Há também, no fundo da paisagem escura e desarrumada desse ano, uma clara mancha de sol. Bebo silenciosamente a essas imagens da morte e da vida; dentro de mim elas são irmãs. Penso em outras pessoas. Sinto uma grande ternura pelas pessoas; sou um homem sozinho, numa noite quieta, junto de folhagens úmidas bebendo gravemente em honra de muitas pessoas.

De repente um carro começa a buzinar com força, junto ao meu portão. Talvez seja algum amigo que venha me desejar Feliz Natal ou convidar para ir a algum lugar. Hesito ainda um instante; ninguém pode pensar que eu esteja em casa a esta hora. Mas a buzina é insistente. Levanto-me com certo alvoroço, olho a rua, e sorrio: é um caminhão de lixo. Está tão carregado, que nem se pode fechar; tão carregado como se trouxesse todo o lixo do ano que passou, todo o lixo da vida que se vai vivendo. Bonito presente de Natal!

O motorista buzina ainda algumas vezes, olhando uma janela do sobrado vizinho. Lembro-me de ter visto naquela janela uma jovem mulata de vermelho, sempre a cantarolar e espiar a rua. É certamente a ela quem procura o motorista retardatário; mas a janela permanece fechada e escura. Ele movimenta com violência seu grande carro negro e sujo; parte com ruído, estremecendo a rua.

Volto à minha paz, e ao meu uísque. Mas a frustração do lixeiro e a minha também quebraram o encanto solitário da noite de Natal. Fecho a casa e saio devagar; vou humildemente filar uma fatia de presunto e de alegria na casa de uma família amiga.

Rio, dezembro de 1951

Passou

O ano passou. Não sei se vós, leitor amigo, ou vós, distinta leitora, o passastes bem. Eu, como já passei muitos, os tenho passado de todo jeito, e ainda hoje esse segundo que vem depois da meia-noite me perturba. Já passei ano só, em terra estranha, ou, o que é mais amargo, na minha; ou andando como um tonto na rua ou afundado num canto de um bar ruidoso; tentando inutilmente telefonar; dormindo; com dor de dente. E quando digo de todo jeito estou dizendo também de jeito feliz, entre gente irmã ou nos braços de algum amor eterno – braços que depois dobraram a esquina do mês e da vida, e se foram, oh! provavelmente sem sequer a mais leve mágoa nos cotovelos, apenas indo para outros braços.

Passam os anos, passam os braços; mas fica sempre, quando a Terra dá outras voltas em si mesma, essa emoção confusa de um instante. Conheço pessoas que fogem a esse segundo de consciência cósmica, afetando indiferença, indo dormir cedo – como se não estivessem interessadas em saber se esta piorra velha deste planeta resolveu continuar girando ou não. É singular que entre tantas festas religiosas e cívicas nenhuma chegue a ser tão emocionante e perturbe tanto a humanidade como esta, que é a Festa do Tempo. É como se todos estivéssemos fazendo anos juntos; é o Aniversário da Terra.

Se a alma estremece diante do Destino, o espírito se confunde; reina uma tendência à filosofia barata; vejam como eu começo a escrever algumas palavras com maiúsculas, eu que levo o ano inteiro proseando em tom menor, e mesmo o nome de Deus só escrevo assim para não aborrecer os outros, ou para que eles me não aborreçam.

Já ao nome do diabo, não; a esse sempre dei, e dou, o "d" pequeno, que outra coisa não merece a sua danação. A ele encomendamos o ano que passou e a Deus o Novo. Que vá com maiúscula também, esse Novo; fica mais bonito, e levanta nosso moral.

E se entre meus leitores há alguma pessoa que na passagem do ano teve apenas um amargo encontro consigo mesmo, e viveu esse instante na solidão, na tristeza, na desesperança, no sofrimento, ou apenas no odioso tédio, que a esse alguém me seja permitido dizer: "Vinde. Vamos tocar janeiro, vamos por fevereiro e março e abril e maio, e tudo que vier; durante o ano a gente o esquece, e se esquece; é menos mal. E às vezes, ao dobrar uma semana ou quinzena, às vezes dá uma aragem. Dá, sim; dá, e com sombra e água fresca. E quem vo-lo diz é quem já pegou muito sol nos desertos e muito mormaço nas charnecas da existência. Coragem, a Terra está rodando; vosso mal terá cura. E se não tiver, refleti que no fim todos passam e tudo passa; o fim é um grande sossego e um imenso perdão."

Rio, janeiro de 1952

O sono

  Quero dormir, mas estão fazendo um edifício ao lado, estão serrando madeira e triturando pedra, estão batendo martelo sobre o meu peito. Quero dormir, mas este não é um lugar de dormir; esta é uma cidade em construção. Eu sou um homem envelhecendo, e tenho trabalhado, sou um homem solitário e não tenho grandes ambições; estou cansado, e quero dormir. Esta é uma ambição justa; estou cansado de tudo, e ainda há pouco vi aquela a quem há tão pouco tempo eu amava tanto, e que senti? Tédio, talvez piedade, mas muito cansaço. Cansaço de não a ter, e de não a ter tido; cansaço de querer – mais sutil e venenoso que o cansaço de ter.
  Por que ela insiste em existir? Assim não faz outra coisa que se tornar cansativa, e chega a ser levemente ridículo que ela exista. Eu não a quero mais, seria trocar um tédio por outro. Eu poderia mudar de cidade, mas afinal eu não mudo de pessoa; tenho de carregar esta minha pessoa, com seus cabelos, seus pés, joelhos, cotovelos, suas longas memórias, todo o seu corpo. É melhor estender o corpo sobre a cama, e suspirar, e deixar que ele durma.
  Mas em volta de mim, e sobre meu peito, e sobre meu ventre, resolveram construir uma cidade. Incorporações, incorporações, edifícios de apartamentos, quarto e sala, *kitchenette*, entrada de dez por cento. Estão me matando devagar, pela tabela Price; estão me serrando, me triturando, me martelando, com o objetivo de ganhar dinheiro.

Que loucos são esses? Não devem ser daqui. Se tivessem vivido e sofrido longamente esta cidade, como eu tenho, esta cidade com seus homens e suas mulheres, e seus encontros e desencontros, e penúrias vis, não iriam adensar e agravar essa loucura construindo outra cidade nos interstícios desta, não se esbaldariam sobre os baldios nesse afã criminoso de entupir o mundo de gente entre cubos de cimento.

Para que esses cubos? Para que as pessoas existentes se abriguem da chuva e das outras pessoas, e se reproduzam – mas para quê? Incubarão outras pessoas, incorporarão outros cubos, e íncubos e súcubos, e esta cidade ficará tão densa que se formarão associações secretas que distribuirão patrulhas ferro e rodoviárias e navais, e matagais, e lameiras, e nos mangues do sul e na entrada da barra, em todos os acessos terrestres estarão vigiando e matando os tupiniquins e gringos, arigós e missões culturais, e porão fogo no chão dos aeroportos, e gritarão no seio das noites e através das pálidas madrugadas: ninguém entra!

Defenderemos nossos cubos e favelas superlotados; não possuímos mais espaço algum para novas amantes desamadas e amadas desamantes; chega, chega de confusão.

Estão serrando, e triturando e martelando, estão incorporando estruturas de cimento que futuramente mobiliarão com *chippendale*, colonial, rústico, mexicano e moderninho de perna fina com pintura amarela, com geladeiras de muitos pés cúbicos, rádios, revistas, bocejos, brigas e solidão.

Minha solidão é penetrada por esses ruídos, meu turvo sono afinal os aceita, e incorpora todas as incorporações, e durmo como um herói, durmo entre martelos que batem e serras zunindo, durmo agitado mas durmo pesado, numa vingança animal contra a cidade desumanizada.

Rio, abril de 1952

Imigração

José Leal fez uma reportagem na ilha das Flores, onde ficam os imigrantes logo que chegam. E falou dos equívocos de nossa política imigratória. As pessoas que ele encontrou não eram agricultores e técnicos, gente capaz de ser útil. Viu músicos profissionais, bailarinas austríacas, cabeleireiras lituanas. Paul Balt toca acordeão, Ivan Donef faz coquetéis, Galar Bedrich é vendedor, Serof Nedko é ex-oficial, Luigi Tonizzo é jogador de futebol, Ibolya Pohl é costureira. Tudo gente para o asfalto, "para entulhar as grandes cidades", como diz o repórter.

O repórter tem razão. Mas eu peço licença para ficar imaginando uma porção de coisas vagas, ao olhar essas belas fotografias que ilustram a reportagem. Essa linda costureirinha morena de Badajoz, essa Ingeborg que faz fotografias e essa Irgard que não faz coisa alguma, esse Stefan Cromick cuja única experiência na vida parece ter sido vender bombons – não, essa gente não vai aumentar a produção de batatinhas e quiabos nem plantar cidades no Brasil Central.

É insensato importar gente assim. Mas o destino das pessoas e dos países também é, muitas vezes, insensato: principalmente da gente nova e países novos. A humanidade não vive apenas de carne, alface e motores. Quem eram os pais de Einstein, eu pergunto; e se o jovem Chaplin quisesse hoje entrar no Brasil acaso poderia? Ninguém sabe que destino terão no Brasil essas mulheres louras, esses homens de profissões vagas. Eles estão procurando alguma coisa: emigraram.

Trazem pelo menos o patrimônio de sua inquietação e de seu apetite de vida. Muitos se perderão, sem futuro, na vagabundagem inconsequente das cidades; uma mulher dessas talvez se suicide melancolicamente dentro de alguns anos, em algum quarto de pensão. Mas é preciso de tudo para fazer um mundo; e cada pessoa humana é um mistério de heranças e de taras. Acaso importamos o pintor Portinari, o arquiteto Niemeyer, o físico Lattes? E os construtores de nossa indústria, como vieram eles ou seus pais? Quem pergunta hoje, e que interessa saber, se esses homens ou seus pais ou seus avós vieram para o Brasil como agricultores, comerciantes, barbeiros ou capitalistas, aventureiros ou vendedores de gravata? Sem o tráfico de escravos não teríamos tido Machado de Assis, e Carlos Drummond seria impossível sem uma gota de sangue (ou uísque) escocês nas veias, e quem nos garante que uma legislação exemplar de imigração não teria feito Roberto Burle Marx nascer uruguaio, Villa-Lobos mexicano, ou Pancetti chileno, o general Rondon canadense ou Noel Rosa em Moçambique? Sejamos humildes diante da pessoa humana: o grande homem do Brasil de amanhã pode descender de um clandestino que neste momento está saltando assustado na praça Mauá, e não sabe aonde ir, nem o que fazer. Façamos uma política de imigração sábia, perfeita, materialista; mas deixemos uma pequena margem aos inúteis e aos vagabundos, às aventureiras e aos tontos porque dentro de algum deles, como sorte grande da fantástica loteria humana, pode vir a nossa redenção, a nossa glória.

Rio, janeiro de 1952

Mudança

O novo morador do apartamento me convidou a subir, queria que eu desse algum palpite sobre a pintura das paredes.

Ficara com os móveis da família que se mudara, e trouxera mais alguns seus. Todos estavam empilhados no meio dos aposentos. Os pintores tinham terminado o trabalho do dia. Um já tomara banho e os dois outros faziam o mesmo naquele momento, um no chuveiro de empregada, outro no da família. Andando entre as montanhas de móveis e tarecos, percorremos a sala, os dois quartos, a saleta com vista para o mar. O novo inquilino me explicava: "Aqui vou pintar de branco meio cinza; para o rodapé escolhi este marrom, que é praticamente da cor do assoalho; preferia que fosse da mesma cor da parede, mas suja muito; esta parede aqui eu queria que continuasse com esse amarelo-claro, acho muito bonitinho, mas minha mulher não gosta de amarelo. Para o quarto escolhi este verde, um pouquinho mais carregado do que está, mas pouca coisa."

Eu concordava, calado, ou dava algum palpite, sem convicção: "É, fica bem assim, também podia ser um azul bem leve..." Mas no meio daquela desarrumação ignominiosa – cadeiras, almofadas, cama de criança, pilhas de discos, biombo fechado – eu reconstituía a ordem antiga deste apartamento do casal amigo, onde tantas vezes vim. E lembrava momentos simples: o marido fumando o cachimbo, a mulher na janela chamando a criança para dentro. A antiga arrumação dos móveis, o dia em que chegou a vitrola nova, a ideia de fazer um estrado na sala da frente para uma pessoa sentada poder ver o mar. Lembro aquele jantar desagradável, em que o casal estava brigado e começou a discutir em minha frente; o telefonema triste, contando uma doença súbita e grave de um amigo comum, no meio de uma noite alegre, em que havia gente cantando e dançando. Lembro tantos momentos dessa longa amizade, e de repente esses móveis me parecem não apenas desarrumados como quebrados, essa família amiga que morou aqui não apenas está ausente como está morta, ou pelo menos separada. Há, nessa mudança de uma casa tão longamente habitada, no abandono dessas coisas tão integradas na vida da família, uma traição que me dói. Nunca esse casal poderá ser o mesmo, se com tão espantosa frieza pôde abandonar esse *sommier* com sua gaveta baixa outrora cheia de fotografias, e todas essas coisas que tiveram a longa amizade de seus olhos e suas mãos, acostumadas a suas alegrias, seus sustos, sua calma, sua tristeza. A poltrona tem um ar lamentável, traída; o abajur iluminará outra cabeça e outro livro; a cama receberá outros corpos.

Eu também me sinto traído, com esses móveis, essas paredes, essas coisas. Eu, que sempre tenho vivido de um canto para outro, e durmo e como em qualquer lugar, e deixo para trás as casas e as coisas, e sempre hei de sentir um prazer novo em dormir em qualquer quarto de hotel, em qualquer cidade desconhecida; eu, que de meu só conservo, ao longo do tempo, as amizades e ternuras, aqui me vejo desolado e com uma vaga revolta diante dessas coisas amontoadas e tristes que perderam o próprio sentido, essas coisas em que parecia estar entranhada para sempre a alma da família, que ficaram tão silenciosas e trágicas no dia em que o menino passou mal, que tanto sofreram e viveram com o homem, a mulher e a criança. E tenho uma vontade infantil e absurda de passar a mão pelo encosto da velha poltrona e lhe dizer baixinho, como se na verdade estivesse falando para mim mesmo: "Eles não tinham o direito de fazer isso."

Rio, fevereiro de 1952

A MOÇA

Foi na chácara hospitaleira e alegre de Fritz de Sousa Queirós, em um domingo de sol, que encontrei um companheiro de guerra. Ele recordava momentos da campanha, na Toscana, quando uma jovem, conhecida pela sua beleza singular, disse, estirando, em um movimento de preguiça, as longas pernas nuas e perfeitas – que não queria saber de guerra, e não gostava nem de ouvir falar nisso: "eu sou muito egoísta, tenho uma vida muito boa, não gosto nem de tomar conhecimento de coisas tristes".

Chocou-se, o meu amigo, com aquele cinismo de moça rica e frívola, e mais ainda com a minha tranquila aprovação. E enquanto a moça ia mergulhar na piscina o corpo ainda meio adolescente, ele me acusou de hipócrita; e uma bela senhora, que ouvira a conversa, emendou que eu era um galanteador barato, vulgar, e, para dizer tudo, gagá.

Objeto de muita mofa, achei melhor calar o bico. Agora, porém, na hora de bater minha crônica, relembro essa conversa, e revejo, com seu passo elástico sobre a relva, ao sol, entre folhagens coloridas, a moça egoísta. E me pergunto se, em sua frivolidade, e na petulância com que a acentua, ela não mostra, afinal, uma sabedoria instintiva, e não defende um direito que, nem por ser um privilégio de classe, deixa de ser sagrado. Que outros milhões de moças não gozem desse conforto, é triste; mas eu me recuso a lhe negar o direito de pensar que o sol foi feito especialmente para dourar sua pele. Foi.

Em um mundo tão amiúde feio e triste, a beleza é em si mesma uma virtude cuja pureza e alto valor eu tenho necessidade de respeitar, onde a encontre. É natural amar os pobres e desgraçados, e ser solidário com eles, mas me parece uma incompreensível perversão sentimental amar a pobreza e a desgraça. Essa perversão é mais comum do que se pensa; tanto como o amor ao dinheiro que, em tanta gente, estraga os prazeres que o dinheiro pode permitir.

Há um esnobismo da pobreza, que me parece apenas menos ridículo do que o outro; e acontece mais entre os remediados que entre os verdadeiros pobres. Esse esnobismo leva até o amor afetado da sujeira, e de outros desconfortos, como o esnobismo do rico o leva a encher sua casa de quadros que não ama ou a ouvir conferências e concertos que o torturam de tédio.

Esperemos que um dia todas as moças possam crescer belas e sadias e ter conforto e sossego para cultivar seus encantos e entreter seus sonhos. A desigualdade social, odiosa em si mesma, é ainda mais odiosa quando se refere às mulheres e, principalmente, às crianças. A existência de crianças pobres e miseráveis é o pecado fundamental de nossa sociedade; não respeito nenhuma filosofia que pretenda justificá-la e nenhuma religião que espere nos levar a aceitá-la como coisa natural.

Mas a flor não tem culpa de ser bela, e na petulância dessa adolescente que pisa o gramado com a sua sandália e anda ao sol pelo prazer de dourar seu corpo seminu, nessa inconsciência satisfeita de animal jovem há um instinto sadio e uma defesa sagrada. Não é essa menina que enfeia o mundo; são homens velhos, de almas tortas e sujas, que manobram as máquinas da exploração e da guerra e fazem negócios torvos com o suor e o sangue das gerações.

A moça que salta na água azul é apenas um momento de beleza, e isto é ser muito.

Rio, abril de 1952

No mar

Se soubesse cantar alguma coisa cantaria "O ébrio", de Vicente Celestino. "Tornei-me um ébrio..."
Um grande cansaço pesava em todo seu corpo, por onde a água escorria. Fechou o chuveiro, começou a se enxugar lentamente. Quando foi se vestir, a porta do armário estava aberta, a que tem o espelho dentro, e ele se viu nu. Achou-se branco, detestavelmente branco como um europeu, sentiu-se meio gordo e mole. Há quanto tempo não tomava um banho de mar!
Odiou, de repente, sua vida de trabalho e de bar, vivida quase toda sob a luz artificial. Tinha mil coisas a fazer na cidade; precisava ir ao escritório daquele sujeito, telefonar para quatro ou cinco pessoas, providenciar aqueles papéis.
O telefone bateu. Ia atender, mas sentiu que se atendesse ficaria preso – preso àquele fio negro, aos compromissos, às salas dos edifícios do centro, à vida de todo dia. O telefone ainda tocava quando ele saiu. O sol era leve. Comprou três mexericas, saltou para a praia, esticou-se na areia, de bruços, os olhos sobre um braço, recebendo nas costas o calor do sol. Dentro de sua cabeça ainda giravam conversas e músicas da madrugada, rostos de mulher, encrencas de negócios.
Quando se levantou e começou a andar pela praia, teve a impressão de que, sob um guarda-sol colorido, estava um casal conhecido. Passou longe; não queria encontrar ninguém, tinha um certo pudor de seu corpo assim branco, pesado, sem graça. Foi andando e sentindo prazer em

andar ao sol, em encher os pulmões de vento de mar. Num trecho de praia deserto teve vontade de fazer ginástica; mas se deixou ir andando a chapinhar, como menino, pela água cheia de espumas.

Foi quando parou, e ficou olhando as espumas, enquanto a marola se retirava, levando um pouco de areia sob os seus pés, e sentiu uma leve tontura, e teve consciência de como se afastara do mar, de como se fizera estranho ao mar, de como se esquecera do mar, como quem se esquece de um grande amigo ou de um grande cão querido, de uma pátria idolatrada, de uma mulher amada. Foi avançando devagar; recebeu no peito, depois na cara, os primeiros borrifos de espuma e, como sentisse frio, deu mais alguns passos depressa, para poder mergulhar. Teve prazer em beber um pouco de água salgada, depois em receber no corpo uma lambada de onda mais forte. Avançou ainda, passou a arrebentação, começou a nadar para fora; depois se voltou de costas, ficou boiando. Olhava duas nuvens brancas no céu muito azul. Era como se fossem as mesmas nuvens de vinte anos atrás, de trinta anos atrás, no mesmo céu da infância – e tudo o que tinha acontecido depois fora escuro e sem sentido, os homens com quem lidara, as mulheres que amara, e as brigas e tristezas – tudo era remoto e absurdo como um pesadelo em um túnel. As nuvens se moviam devagar. Sentiu que seu corpo ia afundando, moveu levemente os pés, sentia o sol quente na cara molhada.

Quando começou a nadar para voltar à terra, percebeu que uma corrente o puxava para fora, com uma força invencível, e que os músculos de seus braços doíam de fadiga. Debateu-se ainda, algum tempo, com uma súbita raiva de animal que não quer morrer, e a água abafou o seu grito rouco. Pensou confusamente que deixara as três mexericas na praia, e o telefone tocando no apartamento. Longe, no horizonte, passava um vapor.

Rio, abril de 1952

A VIAJANTE

Com franqueza, não me animo a dizer que você não vá.

Eu, que sempre andei no rumo de minhas venetas, e tantas vezes troquei o sossego de uma casa pelo assanhamento triste dos ventos da vagabundagem, eu não direi que fique.

Em minhas andanças, eu quase nunca soube se estava fugindo de alguma coisa ou caçando outra. Você talvez esteja fugindo de si mesma, e a si mesma caçando; nesta brincadeira boba passamos todos, os inquietos, a maior parte da vida – e às vezes reparamos que é ela que se vai, está sempre indo, e nós (às vezes) estamos apenas quietos, vazios, parados, ficando. Assim estou eu. E não é sem melancolia que me preparo para ver você sumir na curva do rio – você que não chegou a entrar na minha vida, que não pisou na minha barranca, mas, por um instante, deu um movimento mais alegre à corrente, mais brilho às espumas e mais doçura ao murmúrio das águas. Foi um belo momento, que resultou triste, mas passou.

Apenas quero que dentro de si mesma haja, na hora de partir, uma determinação austera e suave de não esperar muito; de não pedir à viagem alegrias muito maiores que a de alguns momentos. Como este, sempre maravilhoso, em que no bojo da noite, na poltrona de um avião ou de um trem, ou no convés de um navio, a gente sente que não está deixando apenas uma cidade, mas uma parte da vida, uma pequena multidão de caras e problemas e inquietações que pareciam eternos e fatais e, de repente, somem como a nuvem que fica para trás. Esse instante de libertação é a grande recompensa do vagabundo; só mais tarde ele sente que uma pessoa é feita de muitas almas, e que várias, dele, ficaram penando na cidade abandonada. E há também instantes bons, em terra estrangeira, melhores que o das excitações e descobertas, e as súbitas visões de belezas sonhadas. São aqueles momentos mansos em que, de uma janela ou da mesa de um bar, ele vê, de repente, a cidade estranha, no palor do crepúsculo, respirar suavemente, como velha amiga, e reconhece que aquele perfil de casas e chaminés já é um pouco, e docemente, coisa sua.

Mas há também, e não vale a pena esconder nem esquecer isso, aqueles momentos de solidão e de morno desespero; aquela surda saudade que não é de terra nem de gente, e é de tudo, é de um ar em que se fica mais distraído, é de um cheiro antigo de chuva na terra da infância, é de qualquer coisa esquecida e humilde – torresmo, moleque passando na bicicleta assobiando samba, goiabeira, conversa mole, peteca, qualquer bobagem. Mas então as bobagens do estrangeiro não rimam com a gente, as ruas são hostis e as casas se fecham com egoísmo, e a alegria dos outros que passam rindo e falando alto em sua língua dói no exilado como bofetadas injustas. Há o momento em que você defronta o telefone na mesa da cabeceira e não tem com quem falar, e olha a imensa lista de nomes desconhecidos com um tédio cruel.

Boa viagem, e passe bem. Minha ternura vagabunda e inútil, que se distribui por tanto lado, acompanha, pode estar certa, você.

Rio, abril de 1952

Mangue

A madrugada era escura nas noites de mangue, baixas, meio trêmulas do ventinho frio. Mas do lado do mar o céu estava lívido, e se espelhava na água do canal pálido. Eu avançava no batelão velho; remava cansado, e tinha sono. De longe veio um rincho de cavalo; depois, numa choça de pescador, junto do morro, tremulou a luz de uma lamparina.

Aquele rincho de cavalo me fez lembrar a moça andando a cavalo. Ela era corada, forte. Viera do Rio, sabíamos que era muito rica, filha de um irmão rico de um homem de nossa terra. A princípio a olhei com espanto, quase desgosto: ela usava calças compridas, fazia caçadas, dava tiros, saía de barco com os pescadores. Mas na segunda noite, quando nos juntamos todos na casa de Joaquim Pescador, ela cantou; tinha bebido cachaça, como todos nós, e cantou primeiro uma coisa em inglês, mas depois o luar do sertão e uma canção antiga que dizia assim: "esse alguém que logo encanta deve ser alguma santa". Era uma canção triste.

Cantando, ela parou de me assustar; cantando, ela deixou que eu a adorasse de repente, com essa adoração súbita, mas tímida, esse fervor confuso da adolescência – adoração sem esperança, ela devia ter dois anos mais do que eu. E amaria o rapaz de suéter e sapato de basquete, que costuma ir ao Rio, ou (murmurava-se) o homem casado, que já tinha ido até a Europa e tinha um automóvel e uma coleção de espingardas magníficas. Não a mim, com minha pobre Flobert, não a mim, de calça e camisa, descalço, não a mim, que não sabia lidar nem com um motor de popa, apenas tocar um batelão preto com meu remo.

Duas semanas depois que ela chegou é que a encontrei na praia solitária; eu vinha a pé, ela veio galopando a cavalo; vi-a de longe, meu coração bateu adivinhando quem poderia estar galopando sozinha a cavalo, ao longo da praia na manhã fria. Pensei que ela fosse passar me dando apenas um adeus, esse "bom-dia" que no interior a gente dá a quem encontra: mas parou, o animal resfolegando e ela respirando forte, com os seios agitados dentro da blusa fina, branca. São as duas imagens que mais forte se gravaram na minha memória, desse encontro, a pele escura e suada do cavalo e a seda branca da blusa; aquela dupla respiração animal no ar fino da manhã.

E saltou, me chamando pelo nome, conversou comigo. Séria, como se eu fosse um rapaz mais velho do que ela, um homem como os de sua roda, com calças de *palm-beach*, relógio de pulso. Perguntou coisas sobre peixes; fiquei com vergonha de não saber quase nada, não sabia os nomes dos peixes que ela dizia, deviam ser peixes de outros lugares mais importantes, com certeza mais belos. Perguntou se a gente comia aqueles cocos dos coqueirinhos junto da praia – e falou de minha irmã, que conhecera, quis saber se era verdade que eu nadara desde a ponta do Boi até perto da lagoa.

De repente me fulminou: "por que você não gosta de mim? Você me trata sempre de um modo esquisito..." Respondi, estúpido, com a voz rouca: "eu não".

Ela então riu, disse que eu confessara que não gostava mesmo dela, e eu disse: "não é isso". Montou o cavalo, perguntou se eu não queria ir na garupa. Inventei que precisava passar na casa dos Lisboa. Não insistiu, me deu um adeus muito alegre; no dia seguinte foi-se embora.

Agora a água da lagoa estava mais pálida, e já havia uns laivos de rosa na água e no céu. Aquele rincho distante de cavalo me lembrava a moça rica e bonita, corada, impossível. E comecei a remar com força, sem me importar com a água fria que escorria pelo remo e me molhava a manga da camisa; fui remando, remando com toda a força.

Rio, agosto de 1952

Santa Teresa

Sábado, de tarde, na cidade, da janela de um vigésimo andar, a gente descobre essa vida inesperada e humilde dos terraços. Famílias de zeladores de prédio, quarto de empregados de hotel, mulheres passando roupa ou se penteando perto da janela, crianças que brincam entre as nuvens, tão quietas e remotas como em quintal de subúrbio – tudo é paz.

Em alguns terraços há uma tentativa de volta a Minas, com vasos de plantinhas, moças a cantarolar retirando roupa da corda – e no lugar de galinhas cacarejando há pombos que esvoaçam de um prédio para outro. Em alguns terraços há casinhas onde seria possível escrever "Lar de Elvira", tão rendado é o pano da mesa que se entrevê pela janela, tão chorosa é a criança de carinha lambuzada e tão silencioso é o gato que salta do *étagère* para a mesa sem quebrar as duas horrorosas mas necessárias estatuetas em barro do Gordo e do Magro.

E sempre, de alguma janela, a gente vê um trecho do aeroporto; parece tão lenta a descida desses aviões, tão suaves as nuvens brancas espalhadas pelo céu de um azul estranhamente delicado que dá vontade de viajar para qualquer cidade, ou invejar alguém que estará neste momento chegando ao Rio, depois de meses de ausência.

Mas do outro lado fica, entre árvores gordas e palmeiras finas, aquele remorso eterno de não morar em Santa Teresa. É verdade que a gente vive meses sem pensar em Santa Teresa, e Santa Teresa é um dos lugares do Rio que menos existem. Quando a gente vai a Santa Teresa tem sempre o ar meio disfarçado de quem de repente saiu do asfalto do presente para retomar o bondinho da infância e fica olhando cartões-postais e pensando à toa debaixo das jaqueiras.

Há pessoas, como Pascoal, que dizem que moram em Santa Teresa, mas, no fundo, ninguém acredita. É mesmo difícil imaginar que em Santa Teresa haja, por exemplo, eleições, ou recrutamento para o serviço militar. E é talvez por isso mesmo que numa tarde de sábado, quando o vento é fresco e os pombos passeiam nos terraços, entre cuecas e meias coloridas que se agitam nos pegadores, e o coração está sereno, é bom imaginar que se tem um certo remorso de não morar em Santa Teresa, e talvez mais tarde, como todo mundo que vive no Rio, a gente pensa inutilmente em morar um dia em Santa Teresa, entre galinhas, árvores, redes, crianças, mulher... Mas em que remoto mundo se esconde, em que estrela ou esquina vagueia essa mulher que levaríamos pelo braço, docemente, para morar em Santa Teresa?

Rio, abril de 1952

Cinelândia

Extraviei-me pela cidade na tarde de sábado, e então me deixei bobear um pouco pela Cinelândia. Foi certamente uma lembrança antiga que me fez sentar na Brasileira; e quando o garçom veio e perguntou o que eu desejava, foi um rapaz de 15 anos que disse dentro de mim: *"waffles* com mel". E disse meio assustado, como quem se resolve a fazer uma loucura.

Não sei por que, para aquele estudante de quinze anos, que dispunha apenas de 50 mil-réis mensais para suas despesas pequenas, *"waffles* com mel" ficou sendo o símbolo do desperdício; era uma pequena loucura a que se aventurava raramente, sabendo que iria desequilibrar seu orçamento.

Talvez viesse do nome inglês o prestígio dos *waffles*. E me lembro de ter encontrado na Cinelândia uma jovem rica de minha terra; aventurei-me, num gesto insensato, a convidá-la a entrar numa confeitaria, e depois de lhe ofertar, como um nababo, *"waffles* com mel" (lembro até hoje seus dentes brancos e finos), levei minha loucura até as últimas consequências, depois de meia hora de conversa, para prendê-la na mesa (a tia esperava numa porta de cinema), de fazer questão absoluta que ela provasse uma Banana Real! Era um insensato, o moço Braga.

Mais tarde, já na faculdade, e morando no Catete, me lembro que sábado, de tarde, às vezes a gente metia uma roupa branca bem limpa, bem passada (depois de vários telefonemas à tinturaria) e vínhamos, dois ou três amigos, lavados, barbeados, penteados, assim pelas cinco da tarde, fazer o *footing* na Cinelândia. E estavam ali moças de Copacabana e do Méier, com seus vestidos de seda estampados, a boca muito pintada, burburinhando entre as confeitarias e os cinemas. Não nos davam lá muita atenção essas moças: seus pequenos corações fremiam perante os cadetes e os guardas-marinhas, mais guapos e belos em seus uniformes resplendentes, com seus espadins brilhantes.

Tudo isso passou: o sábado inglês, as dificuldades do trânsito e o próprio tempo agiram, e nesta bela tarde de sábado em que me extravio pelo centro, há apenas alguns palermas como eu zanzando pela Cinelândia. Só agora reparo nisso, e então me sinto um velho senhor saudosista; não há mais sábado na Cinelândia, creio que não há mais cadetes nem guardas-marinhas, todos são tenentes-coronéis, capitães de corveta e de fragata, perdidos em Agulhas Negras, quartéis, cruzadores recondicionados nesses mares do mundo.

E Rui Morais, João Madureira, Miguel Sales, todos sumiram pela vida adentro, cada um no seu canto, com sua família – tenho a impressão de ter sobrado, terrível retardatário, na tarde da Cinelândia, diante dos *waffles* melancólicos, e se tivesse um amigo ao lado diria a ele, com a voz enjoada de um senhor idoso: "nem se compara: a Americana antiga era muito melhor..."

Rio, maio de 1952

Um sonho

Não posso escrever sobre outra coisa. E não devia escrever nada hoje. Penso um instante no que sentirão os leitores: essa coisa que me emociona de maneira tão profunda, o sonho que ainda me dói no corpo e na alma, será para eles uma história vulgar; pior ainda, precisarei escrever com muito cuidado, para que esse instante de infinita pureza que eu vivi não pareça, a outrem, apenas um pequeno trecho de literatura barata.

Na verdade não houve nem mesmo um beijo, ou, se houve, ele perdeu qualquer sentido, para ficar apenas dentro de mim essa impressão de doçura profunda, e perfeita felicidade. Aquela mulher estava nua. E escrevendo "mulher nua" no jornal, como soa a escândalo! Seria preciso escrever com uma grande delicadeza para fazer sentir como eu senti naquele momento: beleza, pureza – alguma coisa tão limpa e tão suave, além de qualquer desejo, apenas o sentimento da vida mansa daquela pele de um dourado pálido.

Além dos nossos sentidos há um outro – mas não estou falando de coisas espirituais, eu estou falando em sentimentos vividos em um instante em que não há diferença entre coisas materiais e espirituais. Se as linhas de seu corpo ainda existiam, eram como uma vaga lembrança, um desenho imaterial suspenso no ar. O que me emocionava era a carne, como se eu vivesse a vida de seus tecidos, a sua doce vida perante o ar – leve como um sussurro de ramos longe, como um ruflar de ave imponderável, um murmúrio perdido na distância. E seu corpo era tão belo que senti um aperto na garganta, e os olhos úmidos.

Perdido! Eu lutava confusamente para não despertar de todo, pois sabia que então estaria perdido para sempre esse corpo feito de carne e de sonho. Uma angústia se apossou de mim, a claridade da janela me feria os olhos, afundei a cabeça no leito para salvar essa visão de vinte anos antes.

E ainda o revi por um instante, como se estivesse sumindo em uma luz dourada, e na luz se perdendo, voltando a ser apenas luz.

Desperto. Penso um instante nessa mulher de quem há tantos anos não tenho notícia nem quase lembrança, essa que foi perfeita na dignidade e na pureza de sua nudez – e que hoje anda não sei em que cidade ou país, não sei ao lado de quem – nem sei mesmo se ainda vive. Sua pessoa, sua risada, sua amargura, e o som de sua voz, tudo se perdeu em mim. Mas por um instante viveu, no meu sonho, aquele esplendor suave de uma nudez, que eu guardara tão quietamente no fundo de minha emoção como se quisesse proteger de todo o lirismo e de toda a sensualidade o momento melhor de minha vida.

Rio, maio de 1952

Flor-de-maio

Entre tantas notícias do jornal – o crime do Sacopã, o disco voador em Bagé, o andaime que caiu, o homem que matou outro com machado e com foice, o possível aumento do pão, a angústia dos Barnabés – há uma pequenina nota de três linhas, que nem todos os jornais publicaram.

Não vem do gabinete do prefeito para explicar a falta d'água, nem do Ministério da Guerra para insinuar que o país está em paz. Não conta incidentes de fronteira nem desastre de avião. É assinada pelo senhor diretor do Jardim Botânico, e nos informa gravemente que a partir do dia 27 vale a pena visitar o Jardim, porque a planta chamada flor-de-maio está, efetivamente, em flor.

Meu primeiro movimento, ao ler esse delicado convite, foi deixar a mesa da redação e me dirigir ao Jardim Botânico, contemplar a flor e cumprimentar a administração do horto pelo feliz evento. Mas havia ainda muita coisa para ler e escrever, telefonemas a dar, providências a tomar. Agora, já desce a noite, e as plantas em flor devem ser vistas pela manhã ou à tarde, quando há sol – ou mesmo quando a chuva as despenca e elas soluçam no vento, e choram gotas e flores no chão.

Suspiro e digo comigo mesmo – que amanhã acordarei cedo e irei. Digo, mas não acredito, ou pelo menos desconfio que esse impulso que tive ao ler a notícia ficará no que foi – um impulso de fazer uma coisa boa e simples, que se perde no meio da pressa e da inquietação dos minutos que voam. Qualquer uma destas tardes é possível que me dê vontade real, imperiosa, de ir ao Jardim Botânico, mas então será tarde, não haverá mais flor-de-maio, e então pensarei que é preciso esperar a vinda de outro outono e no outro outono posso estar em outra cidade em que não haja outono em maio, e sem outono em maio não sei se em alguma cidade haverá essa flor-de-maio.

No fundo, a minha secreta esperança é de que estas linhas sejam lidas por alguém – uma pessoa melhor do que eu, alguma criatura correta e simples que tire desta crônica a sua única substância, a informação precisa e preciosa: do dia 27 em diante as flores-de-maio do Jardim Botânico estão gloriosamente em flor. E que utilize essa informação saindo de casa e indo diretamente ao Jardim Botânico ver a flor--de-maio – talvez com a mulher e as crianças, talvez com a namorada, talvez só.

Ir só, no fim da tarde, ver a flor-de-maio; aproveitar a única notícia boa de um dia inteiro de jornal, fazer a coisa mais bela e emocionante de um dia inteiro da cidade imensa. Se entre vós houver essa criatura, e ela souber por mim a notícia, e for, então eu vos direi que nem tudo está perdido, e que vale a pena viver entre tantos sacopãs de paixões desgraçadas e tantas cofaps de preços irritantes; que a humanidade possivelmente ainda poderá ser salva, e que às vezes ainda vale a pena escrever uma crônica.

Rio, maio de 1952

No bairro

É domingo; dia, portanto, em que a gente pode fazer observações talvez não muito úteis, mas em todo caso honestas. Por exemplo: as casuarinas do Jardim de Alá estão crescendo e ficando belas; e agora começam a plantar alguma coisa do outro lado do canal, para dentro da ponte.

O erro das pessoas que saem à rua numa tarde de domingo é esperar que aconteça algo: domingo não é um acontecimento, é um estado dos seres e das coisas. Veja essa loja comercial: você passa por ela diariamente, e não a nota, ou melhor, nota a loja, mas não o prédio. Tudo o que vê é a vitrina de mau gosto cheia de calçados e de enfeites vermelhos, às vezes um sujeito na porta em mangas de camisa, às vezes uma senhora entrando com uma mocinha meio gorda para comprar um sapato – ou, quem sabe, pedir licença para telefonar.

Pois esse pequeno prédio tem a sua graça; é, certamente, dos mais antigos da rua, e não se pode dizer que seja bonito. Mas tem duas estatuetas lá no alto – duas mulherzinhas clássicas, de nariz reto e olhos vazios, com suas túnicas desenhando as formas do corpo, e cada uma com um pequeno seio à mostra. Devem ter sido copiadas de qualquer medíocre escultura antiga, ou feitas à feição antiga; não chegam a ser obras de arte, são mais propriamente enfeites comerciais.

Mas por que não reparar que afinal elas não são feias, que dão um certo encanto à fachada? O fato é que essas modestas filhas da Grécia só existem aos domingos. Pelo menos durante a semana ninguém as vê, pois é a loja aberta que chama a atenção do passante; e à noite, com a iluminação deficiente, são também pouco visíveis.

Ora, consideremos que, assim como essas, há outras moças que só existem aos domingos; e moças de verdade. Essas três que passam, por exemplo, cada uma com um vestido de uma cor, as três muito recentemente penteadas e pintadas, vão, com certeza, à vesperal do cinema. E são bem dominicais, com esse ar de quem foi à missa cedo, deu uma volta na praia, tomou banho de chuveiro, comeu o ajantarado tomando guaraná e pintou a boca outra vez antes de sair – são tão profundamente dominicais na roupa, no jeito de andar, no estado de espírito que parece evidente que elas, também, só existem aos domingos.

Desemboco, dobrando uma esquina ao acaso, numa ruazinha sossegada, cheia de amendoeiras de praia. Paro um pouco, porque houve um morador que hoje – porque é domingo – pendurou todas as suas gaiolas de passarinhos na varanda da frente, e eles estão cantando que faz gosto ouvir. É claro que nos dias de semana esses passarinhos vivem lá dentro, suas gaiolas são penduradas nas janelas da sala de jantar e da copa, que dão para os fundos, talvez junto ao tanque, no quintal; mesmo porque lá estão seguros; aqui seria muito fácil para qualquer ladrão roubar uma gaiola dessas.

Hoje, é claro, não há o menor perigo. Os ladrões, como é sabido, não trabalham aos domingos. Uns porque são muito religiosos, e guardam o preceito do Senhor. Outros não sei por quê; talvez porque os jornais, domingo, são muito grandes, e eles começam a ler os jornais, ficam com sono e dormem a sesta. É a casta volúpia dos domingos.

Bem, já fiz uma frase, acho que posso acabar a crônica: a frase não será grande coisa, mas é enfeitadinha e limpa, uma boa frase para um domingo. Vou-me à sesta.

Rio, novembro de 1952

O retrato

Conheci numa noite de festa pelo casamento de Di Cavalcanti – felicidades, ó nubente alvinitente! – uma alta e bela moça que faz pintura.

Não lhe vi os quadros à luz do dia, nem posso julgar a sua força. Havia apenas, no salão, dois pequenos retratos a óleo feitos por ela. Eram dois autorretratos; e me contaram que desde os 14 anos essa moça se retrata.

Parece-me comovente essa história de uma pessoa sensível à própria beleza, que vai escrevendo, ao longo dos anos, a legenda, em imagens, de sua existência. Ela tem hoje 20; e não é sem emoção que um homem qualquer, que a conhece hoje, contempla a moça de 14 anos em sua própria interpretação juvenil, e se pergunta se apenas a face mudou, ou foi sua maneira de sentir a si mesma.

Tudo muda; mas nesse jogo delicado entre o olhar que vê e o olhar contemplado, e que são o mesmo olhar, a graça e o mistério da mudança não é menor que a emoção da permanência.

Ela me falou, com uma ponta de desprezo, de seu autorretrato dos 14 anos; talvez, mais tarde, volte a amá-lo. Pensei em tudo o que essa moça tem por viver e sentir, e nos reflexos que as luzes e sombras da vida irão jogando sobre as suas cores primaveris. No estranho vigor que a sua mão tomará um dia para traçar um radioso momento de sua vida de mulher; na leve melancolia com que, pela primeira vez, deixará um traço branco entre os cabelos; na mão trêmula que traçará as linhas de uma velha cabeça enrugada e encanecida...

Sou um homem de mau gosto; que a moça, enlevada no encanto da própria beleza, saiba perdoar, com um sorriso, essa mesquinha sugestão de um futuro distante e frio. Isso lhe será fácil; no fundo do coração os moços não acreditam na velhice.

Quando o outono vier, sua defesa é ver seus olhos de luz menos viva com olhos mais sábios e vividos. Mas a verdade está nos momentos que ela vive, debruçada sobre o mistério da própria beleza, sentindo o fluir misterioso do tempo e do sentimento.

Rio, junho de 1952

Os amantes

Nos dois primeiros dias, sempre que o telefone tocava, um de nós dois esboçava um movimento, um gesto de quem vai atender.

Mas o gesto era cortado no ar. Ficávamos imóveis, ouvindo a campainha bater, silenciar, bater outra vez. Havia um certo susto, como se aquele trinado repetido fosse uma acusação, um gesto agudo nos apontando. Era preciso que ficássemos imóveis, talvez respirando com mais cuidado, até que o aparelho silenciasse.

Então tínhamos um suspiro de alívio. Havíamos vencido mais uma vez os nossos inimigos. Nossos inimigos eram toda a população da cidade imensa, que transitava lá fora nos veículos dos quais nos chegava apenas um estrondo distante de bondes, a sinfonia abafada das buzinas, às vezes o ruído do elevador. Sabíamos quando alguém parava o elevador em nosso andar; tínhamos o ouvido apurado, pressentíamos os passos na escada antes que eles se aproximassem. A sala da frente estava sempre de luz apagada. Sentíamos, lá fora, o emissário do inimigo. Esperávamos, quietos. Um segundo, dois – e a campainha da porta batia, alto, rascante. Ali, a dois metros, atrás da porta escura, estava respirando e esperando um inimigo. Se abríssemos, ele – fosse quem fosse – nos lançaria um olhar, diria alguma coisa – e então o nosso mundo estaria invadido.

No segundo dia ainda hesitamos; mas resolvemos deixar que o pão e o leite ficassem lá fora; o jornal era remetido por baixo da porta, mas nenhum de nós o recolhia. Nossas provisões eram pequenas; no terceiro dia já tomávamos café sem açúcar, no quarto a despensa estava praticamente vazia. No apartamento mal iluminado, íamos emagrecendo de felicidade, devíamos estar ficando pálidos, e às vezes unidos, olhos nos olhos, nos perguntávamos se tudo não era um sonho; o relógio parara, havia apenas aquela tênue claridade que vinha das janelas sempre fechadas; mais tarde essa luz do dia distante, do dia dos outros, ia se perdendo, e então era apenas uma pequena lâmpada no chão que projetava nossas sombras nas paredes do quarto e vagamente escoava pelo corredor, lançava ainda uma penumbra confusa na sala, onde não íamos jamais.

Pouco falávamos: se o inimigo estivesse escutando às nossas portas, mal ouviria vagos murmúrios; e a nossa felicidade imensa era ponteada de alegrias menores e inocentes, a água forte e grossa do chuveiro, a fartura festiva de toalhas limpas, de lençóis de linho.

O mundo ia pouco a pouco desistindo de nós; o telefone batia menos e a campainha da porta quase nunca. Ah, nós tínhamos vindo de muito e muito amargor, muita hesitação, longa tortura e remorso; agora a vida era nós dois, e o milagre se repetia tão quieto e perfeito como se fosse ser assim eternamente.

Sabíamos estar condenados; os inimigos, os outros, o resto da população do mundo nos esperava para lançar seus olhares, dizer suas coisas, ferir com sua maldade ou sua tristeza o nosso mundo, nosso pequeno mundo que ainda podíamos defender um dia ou dois, nosso mundo trêmulo de felicidade, sonâmbulo, irreal, fechado, e tão louco e tão bobo e tão bom como nunca mais, nunca mais haverá.

*

No oitavo dia sentimos que tudo conspirava contra nós. Que importa a uma grande cidade que haja um apartamento fechado em alguns de seus milhares de edifícios; que importa que lá dentro não haja ninguém, ou que um homem e uma mulher ali estejam, pálidos, se movendo na penumbra como dentro de um sonho?

Entretanto, a cidade, que durante uns dois ou três dias parecia nos haver esquecido, voltava subitamente a atacar. O telefone tocava, batia dez, quinze vezes, calava-se alguns minutos, voltava a chamar; e assim três, quatro vezes sucessivas.

Alguém vinha e apertava a campainha; esperava; apertava outra vez; experimentava a maçaneta da porta; batia com os nós dos dedos, cada vez mais forte, como se tivesse certeza de que havia alguém lá dentro. Ficávamos quietos, abraçados, até que o desconhecido se afastasse, voltasse para a rua, para a sua vida, nos deixasse em nossa felicidade que fluía num encantamento constante.

Eu sentia dentro de mim, doce, essa espécie de saturação boa, como um veneno que tonteia, como se meus cabelos já tivessem o cheiro de seus cabelos, se o cheiro de sua pele tivesse entrado na minha. Nossos corpos tinham chegado a um entendimento que era além do amor, eles tendiam a se parecer no mesmo repetido jogo lânguido, e uma vez que, sentado de frente para a janela, por onde se filtrava um eco pálido de luz, eu a contemplava tão pura e nua, ela disse: "meu Deus, seus olhos estão esverdeando".

Nossas palavras baixas eram murmuradas pela mesma voz, nossos gestos eram parecidos e integrados, como se o amor fosse um longo ensaio para que um movimento chamasse outro; inconscientemente compúnhamos esse jogo de um ritmo imperceptível como um lento, lento bailado.

Mas naquela manhã ela se sentiu tonta, e senti também minha fraqueza; resolvi sair, era preciso dar uma escapada para obter víveres; vesti-me lentamente, calcei os sapatos como quem faz algo de estranho; que horas seriam?

Quando cheguei à rua e olhei, com um vago temor, um sol extraordinariamente claro me bateu nos olhos, na cara, desceu pela minha roupa, senti vagamente que aquecia meus sapatos. Fiquei um instante parado, encostado à parede, olhando aquele movimento sem sentido, aquelas pessoas e veículos irreais que se cruzavam; tive uma tonteira, e uma sensação dolorosa no estômago.

Havia um grande caminhão vendendo uvas, pequenas uvas escuras; comprei cinco quilos, o homem fez um grande embrulho de jornal; voltei, carregando aquele embrulho de encontro ao peito, como se fosse a minha salvação.

E levei dois, três minutos, na sala de janelas absurdamente abertas, diante de um desconhecido, para compreender que o milagre se acabara; alguém viera e batera à porta, e ela abrira pensando que fosse eu, e então já havia também o carteiro querendo recibo de uma carta registrada e, quando o telefone bateu foi preciso atender, e nosso mundo foi invadido, atravessado, desfeito, perdido para sempre – senti que ela me disse isso num instante, num olhar entretanto lento (achei seus olhos muito claros, há muito tempo não os via assim, em plena luz), um olhar de apelo e de tristeza, onde, entretanto, ainda havia uma inútil, resignada esperança.

Rio, julho de 1952

Os perseguidos

Ainda tirei o maço de cigarros do bolso para conferir novamente o número do apartamento, que anotara ali: 910. Apertei o botão da campainha. Atrás de mim, o Moreira, muito sujo, arfava; subíramos os três últimos andares pela escada, por precaução; e depois de um mês de cadeia ele não estava muito forte. Soube que mais de uma vez fora surrado; ficara dias sem comer, e sem sair de seu cubículo escuro, e por isso tinha aquela cara de retirante ou de cão batido. Não um cão batido – pois seus olhos estavam muito acesos, como se tivesse febre, e sua voz me parecia ao mesmo tempo mais rouca e mais alta. Sua aparência me impressionava; mas acima de qualquer sentimento eu tinha o desgosto de vê-lo tão sujo; de suas roupas miseráveis desprendia-se um cheiro azedo; e eu tinha a penosa impressão de que ele não dava importância alguma a isso. É estranho que ele me tratasse agora com certa superioridade; entretanto, eu tinha pena dele; pena e desgosto.

Como ninguém viesse, apertei novamente o botão. Moreira esboçou um gesto como se quisesse deter meu braço, evitar que eu tocasse outra vez; sua mão estava trêmula, ele parecia ter medo. Mas naquele mesmo instante a porta se abriu, e uma empregada de meia-idade, em uniforme, nos atendeu. Disse o nome – e ela nos mandou entrar. Então me vi marchando por um macio tapete claro, numa grande sala; junto às paredes, amplos sofás; e havia espelhos venezianos, enormes vasos de porcelana, quadros a óleo, flores. Um luxo de coisas e de espaço.

— Tenham a bondade de sentar e esperar um momento.

Logo que ela saiu, levantei-me e fui à janela. Era uma janela imensa, rasgada sobre o mar, o grande mar azul que arfava debaixo do sol. Nós tínhamos vivido aqueles tempos em quartos apertados e quentes, de uma só e miserável janela, dando para uma parede suja; nós vínhamos de casinhas de subúrbio, cheias de gente, feias e tristes; ou de cubículos imundos e frios; ou de uma enfermaria geral, com cheiro de iodofórmio. Entretanto, aquele apartamento de luxo não me espantara; apenas eu sentia que Moreira estava humilhado de estar ali. Mas essa vista do mar foi minha surpresa. Nos últimos tempos eu passava raramente junto do mar, e creio que nem o olhava; vivíamos como se fosse em outra cidade, afundados em seu interior, marchando por ruas de paralelepípedos desnivelados e bondes barulhentos. E ali estava o mar, muito mais amplo do que o mar que poderia ser visto lá embaixo, da rua, pelos pobres; o mar dos ricos era imenso, e mais puro e mais azul, pompeando sua beleza na curva rasgada de longínquos horizontes, enfeitado de ilhas, eriçado de espumas. E o vento tinha um gosto livre e virgem, um vento bom para se encher o pulmão.

Inspirei profundamente esse ar salgado e limpo; e tive a estranha impressão de que estava respirando um ar que não era meu e eu nem sequer o merecia. O ar de nós outros, os pobres, era mais quente e parado; tinha poeira e fumaça o ar dos pobres.

Rio, agosto de 1952

Cansaço

A verdade é que o Brasil às vezes enche... A gente vai achando interessantes as conversas: o presidente disse ao ministro fulano que o ministro sicrano era assim ou assado; ontem houve uma briga naquela boate entre fulano e sicrano por causa da mulher de beltrano; joão conseguiu levantar 15 milhões de cruzeiros no Banco do Brasil; pedro vai ser nomeado embaixador; manuel já está arrumando as gavetas para deixar o cargo; joaquim avalizou uma promissória em troca de uma promessa do antônio de não atacar fagundes; o deputado tal recebeu as provas de uma tremenda bandalheira que, entretanto, ao que parece, não revelará; os generais antão e beltrão estão encabeçando um movimento no Exército no sentido de fazer sentir ao ministro que não é conveniente a promulgação de tal projeto; praxedes já está convidando gente para formar seu gabinete; um grupo de industriais vai promover uma campanha para evitar a exportação de barbatimão para o Irã; um parente do presidente prometeu grandes ajudas se lhe derem a diretoria da associação meridional de tênis de mesa... E notícias sobre deputados estaduais e jogo de bicho, sobre Cexim, Cofap... O Brasil, às vezes, enche. Principalmente nesta grande e quente aldeia que é o Rio de Janeiro onde, com meia hora de conversa em um clube ou uma boate, qualquer pessoa física fica sabendo das ligações, dos compromissos, das fraquezas e das tediosas intimidades de um pequeno grupo de pessoas que se ajudam, se enganam, se friccionam e se alisam – essas pessoas que se acreditam e, ao menos aparentemente, são mesmo o Brasil. Pessoas eternas; podem sumir da vida pública depois de anos e anos de destaque, e também de incompetência, fraqueza, desonestidade; subitamente, alguém tem um ataque de imaginação e as chama de volta, como se houvesse neste país uma trágica miséria de gente.

Pedro Nava costuma dizer que o brasileiro é tão desleixado que só enterra o morto da família porque, se não enterrar, o morto começa a cheirar mal. E não fosse isso – diz ele, que é médico, e conhece por dentro a displicência de nossa gente – um parente deixaria que outro fosse providenciar os papéis; o outro deixaria para amanhã, amanhã diria que afinal quem devia ver isso era o tonico, prometia ver, mas depois que acabasse a irradiação do jogo, e afinal no dia seguinte explicaria que encontrara um amigo que tinha um conhecido numa empresa fúnebre e prometera ver se conseguia um enterro de primeira por preço de segunda – assim por diante. A defesa do morto é mesmo cheirar mal. Mas a dos vivos, a de certos vivos, não. Parece que quanto mais cheiram mal, melhor. Por favor, não pensem que eu estou me referindo a fulano ou a sicrano. Não estou me referindo especialmente a ninguém; estou apenas, neste fim de tarde, depois de um dia em que ouvi tanta conversa, um pouco fatigado de nosso querido Brasil.

Porque, o Brasil, às vezes, enche.

Rio, outubro de 1952

Domingo

O que pode acontecer num domingo está no céu, sobre a cidade e o mar, como um pressentimento. Na verdade é o melhor dia para uma grande desgraça; pois nos outros dias a desgraça colhe um indivíduo no meio do trabalho e fica poluída pela pressa dos horários. Antes de se abater sobre a mesa e, como um bêbedo, chorar, o homem ainda ultima um gesto de trabalho, e os ciclistas dos armazéns não podem erguer os braços para fazer lamentações aos brados; os advogados, ainda que feridos no seu mais íntimo, não esquecem a pasta, antes a premem contra o corpo como se fossem náufragos; a moça que vende bombons, no instante mesmo em que sente um aperto da garganta e o ardor das lágrimas irreprimíveis nos olhos, ainda responde ao freguês, com a voz sumida, mas audível: "60 cruzeiros o quilo".

Bom para a desgraça, é o dia do domingo excelente para a alegria; diz o povo que não há domingo sem sol; e não há. O sol dos domingos é feito da cândida comunicação dos paisanos e suas famílias; ele brilha nos balões de borracha coloridos, para os quais se alteiam as mãozinhas das crianças; brilha nos olhos líquidos, limpos, da moça que toma sorvete; e abençoa os telhados sob os quais o nosso sonho arma redes em que morenas vestidas de branco se espreguiçam lentas. Essas têm os olhos negros, dentro dos quais há mistério e indolência. E se situam bem nos domingos imaginados e vividos em que sentimos vontade de comer araçá e nos lembramos de pitangas – durante a semana ninguém se lembra de pitangas, nem de pitangueiras; entretanto, num domingo, a gente pode, por exemplo, inventar que tem um sítio com pitangueiras e despertar na moça uma confissão ao menos: "adoro pitangas", dirá como se estivesse contando a infância.

No domingo, os homens gordos ficam mais felizes, porque não há pressa; e os magros, depois do almoço, sonham que estão engordando discretamente. O marido e a mulher se enganam muito suavemente no domingo – pois, como não podem inventar negócio nem hora de dentista, eles se enganam fazendo-se crer mutuamente que estão felizes em passar o dia inteiro juntos; quando vem a tarde, eles parecem irmãos, e têm paz no peito.

A luz nas tardes de domingo é sempre maternal; ela nos convence de que é bom que anoiteça; é como se uma rolinha ficasse imensa e abrisse as asas sobre nós. E no domingo o homem, dentro do pijama, ouve esse eco da infância, com seu gosto de merenda e de domingo: "Liberda-ade, Liberda-ade, abre as asas sobre nós..." E adormece.

Rio, agosto de 1952

A BORBOLETA AMARELA

Era uma borboleta. Passou roçando em meus cabelos, e no primeiro instante pensei que fosse uma bruxa ou qualquer outro desses insetos que fazem vida urbana; mas, como olhasse, vi que era uma borboleta amarela.

Era na esquina de Graça Aranha com Araújo Porto Alegre; ela borboleteava junto ao mármore negro do Grande Ponto; depois desceu, passando em face das vitrinas de conservas e uísques; eu vinha na mesma direção; logo estávamos defronte da ABI. Entrou um instante no *hall*, entre duas colunas; seria um jornalista? – pensei com certo tédio.

Mas logo saiu. E subiu mais alto, acima das colunas, até o travertino encardido. Na rua México eu tive de esperar que o sinal abrisse; ela tocou, fagueira, para o outro lado, indiferente aos carros que passavam roncando sob suas leves asas. Fiquei a olhá-la. Tão amarela e tão contente da vida, de onde vinha, aonde iria? Fora trazida pelo vento das ilhas – ou descera no seu voo saçaricante e leve da floresta da Tijuca ou de algum morro – talvez o de São Bento? Onde estaria uma hora antes, qual sua idade? Nada sei de borboletas. Nascera, acaso, no jardim do Ministério da Educação? Não; o Burle Marx faz bons jardins, mas creio que ainda não os faz com borboletas – o que, aliás, é uma boa ideia. Quando eu o mandar fazer os jardins de meu palácio, direi: Burle, aqui sobre esses manacás, quero uma borboleta amare... Mas o sinal abriu e atravessei a rua correndo, pois já ia perdendo de vista a minha borboleta.

A minha borboleta! Isso, que agora eu disse sem querer, era o que eu sentia naquele instante: a borboleta era minha – como se fosse meu cão ou minha amada de vestido amarelo que tivesse atravessado a rua na minha frente, e eu devesse segui-la. Reparei que nenhum transeunte olhava a borboleta; eles passavam, devagar ou depressa, vendo vagamente outras coisas – as casas, os veículos ou se vendo –, só eu vira a borboleta, e a seguia, com meu passo fiel. Naquele ângulo há um jardinzinho, atrás da Biblioteca Nacional. Ela passou entre os ramos de acácia e de uma árvore sem folhas, talvez um *flamboyant*; havia, naquela hora, um casal de namorados pobres em um banco, e dois ou três sujeitos espalhados pelos outros bancos, dos quais uns são de pedra, outros de madeira, sendo que estes são pintados de azul e branco. Notei isso pela primeira vez, aliás, naquele instante, eu que sempre passo por ali; é que a minha borboleta amarela me tornava sensível às cores.

Ela borboleteou um instante sobre o casal de namorados; depois passou quase junto da cabeça de um mulato magro, sem gravata, que descansava num banco; e seguiu em direção à avenida. Amanhã eu conto mais.

*

Eu ontem parei a minha crônica no meio da história da borboleta que vinha pela rua Araújo Porto Alegre; parei no instante em que ela começava a navegar pelo oitão da Biblioteca Nacional.

Oitão, uma bonita palavra. Usa-se muito no Recife; lá, todo mundo diz: no oitão da igreja de São José, no oitão do teatro Santa Isabel... Aqui a gente diz: do lado. Dá no mesmo, porém oitão é mais bonito. Oitão, torreão.

Falei em torreão porque, no ângulo da Biblioteca, há uma coisa que deve ser o que se chama um torreão. A borboleta subiu um pouco por fora do torreão; por um instante acreditei que ela fosse voltar, mas continuou ao longo da parede. Em certo momento desceu até perto da minha cabeça, como se quisesse assegurar-se de que eu a seguia, como se me quisesse dizer: "estou aqui".

Logo subiu novamente, foi subindo, até ficar em face de um leão... Sim, há uma cabeça de leão, aliás há várias, cada uma com uma espécie de argola na boca, na Biblioteca. A pequenina borboleta amarela passou junto ao focinho da fera, aparentemente sem o menor susto. Minha intrépida, pequenina, vibrante borboleta amarela! pensei eu. Que fazes aqui, sozinha, longe de tuas irmãs que talvez estejam agora mesmo adejando em bando álacre na beira de um regato, entre moitas amigas – e aonde vais sobre o cimento e o asfalto, nessa hora em que já começa a escurecer, oh tola, oh tonta, oh querida pequena borboleta amarela! Vieste talvez de Goiás, escondida dentro de algum avião; saíste no Calabouço, olhaste pela primeira vez o mar, depois...

Mas um amigo me bateu nas costas, me perguntou "como vai, bichão, o que é que você está vendo aí?" Levei um grande susto, e tive vergonha de dizer que estava olhando uma borboleta; ele poderia chegar em casa e dizer: "encontrei hoje o Rubem, na cidade, parece que estava caçando borboleta".

Lembrei-me de uma história de Lúcio Cardoso, que trabalhava na Agência Nacional: um dia acordou cedo para ir trabalhar; não estava se sentindo muito bem. Chegou a se vestir, descer, andar um pouco junto da Lagoa, esperando condução, depois viu que não estava mesmo bem, resolveu voltar para casa, telefonou para um colega, explicou que estava gripado, até chegara a se vestir para ir trabalhar, mas estava um dia feio, com um vento ruim, ficou com medo de piorar – e demorou um pouco no bate-papo, falou desse vento, você sabe (era o noroeste) que arrasta muita folha seca, com certeza mais tarde vai chover etc., etc.

Quando o chefe do Lúcio perguntou por ele, o outro disse: "Ah, o Lúcio hoje não vem não. Ele telefonou, disse que até saiu de casa, mas no caminho encontrou uma folha seca, de maneira que não pôde vir e voltou para casa."

Foi a história que lembrei naquele instante. Tive – por que não confessar? – tive certa vergonha de minha borboletinha amarela. Mas enquanto trocava algumas palavras com o amigo, procurando despachá-lo, eu ainda vigiava a minha borboleta. O amigo foi-se. Por um instante julguei, aflito, que tivesse perdido a borboleta de vista. Não. De maneira que vocês tenham paciência; na outra crônica, vai ter mais história de borboleta.

*

Mas, como eu ia dizendo, a borboleta chegou à esquina de Araújo Porto Alegre com a avenida Rio Branco; dobrou à esquerda, como quem vai entrar na Biblioteca Nacional pela escada do lado, e chegou até perto da estátua de uma senhora nua que ali existe; voltou; subiu, subiu até mais além da copa das árvores que há na esquina – e se perdeu.

Está claro que esta é a minha maneira de dizer as coisas; na verdade, ela não se perdeu; eu é que a perdi de vista. Era muito pequena, e assim, no alto, contra a luz do céu esbranquiçado da tardinha, não era fácil vê-la. Cuidei um instante que atravessava a avenida em direção à estátua de Chopin; mas o que eu via era apenas um pedaço de papel jogado de não sei onde. Essa falsa pista foi que me fez perder a borboleta.

Quando atravessei a avenida ainda a procurava no ar, quase sem esperança. Junto à estátua de Floriano, dezenas de rolinhas comiam farelo que alguém todos os dias joga ali. Em outras horas, além de rolinhas, juntam-se também ali pombos, esses grandes, de reflexos verdes e roxos no papo, e alguns pardais; mas naquele momento havia apenas rolinhas. Deus sabe que horários têm esses bichos do céu.

Sentei-me num banco, fiquei a ver as rolinhas – ocupação ou vagabundagem sempre doce, a que me dedico todo dia uns 15 minutos. Dirás, leitor, que esse quarto de hora poderia ser mais bem aproveitado. Mas eu já não quero aproveitar nada; ou melhor, aproveito, no meio desta cidade pecaminosa e aflita, a visão das rolinhas, que me faz um vago bem ao coração.

Eu poderia contar que uma delas pousou na cruz de Anchieta; seria bonito, mas não seria verdade. Que algum dia deve ter pousado, isso deve; elas pousam em toda parte; mas eu não vi. O que digo, e vi, foi que uma pousou na ponta do trabuco de Caramuru. Falta de respeito, pensei. Não sabes, rolinha vagabunda, cor de tabaco lavado, que esse é Pai do Fogo, Filho do Trovão?

Mas essa conversa de rolinha, vocês compreendem, é para disfarçar meu desaponto pelo sumiço da borboleta amarela. Afinal arrastei o desprevenido leitor ao longo de três crônicas, de nariz no ar, atrás de uma borboleta amarela. Cheguei a receber telefonemas: "eu só quero saber o que vai acontecer com essa borboleta". Havia, no círculo das pessoas íntimas, uma certa expectativa, como se uma borboleta amarela pudesse promover grandes proezas no centro urbano. Pois eu decepciono a todos, eu morro, mas não falto à verdade: minha borboleta amarela sumiu. Ergui-me do banco, olhei o relógio, saí depressa, fui trabalhar, providenciar, telefonar... Adeus, pequenina borboleta amarela.

Rio, setembro de 1952

Visão

No centro do dia cinzento, no meio da banal viagem, e nesse momento em que a custo equilibramos todos os motivos de agir e de cruzar os braços, de insistir e desesperar, e ficamos quietos, neutros e presos ao mais medíocre equilíbrio – foi então que aconteceu. Eu vinha sem raiva nem desejo – no fundo do coração as feridas mal cicatrizadas, e a esperança humilde como ave doméstica – eu vinha como um homem que vem e vai, e já teve noites de tormenta e madrugadas de seda, e dias vividos com todos os nervos e com toda a alma, e charnecas de tédio atravessadas com a longa paciência dos pobres – eu vinha como um homem que faz parte da sua cidade, e é menos um homem que um transeunte, e me sentia como aquele que se vê nos cartões-postais, de longe, dobrando uma esquina – eu vinha como um elemento altamente banal, de paletó e gravata, integrado no horário coletivo, acertando o relógio do meu pulso pelo grande relógio da estrada de ferro central do meu país, acertando a batida do meu pulso pelo ritmo da faina quotidiana – eu vinha, portanto, extremamente sem importância, mas tendo em mim a força da conformação, da resistência e da inércia que faz com que um minuto depois das grandes revoluções e catástrofes o sapateiro volte a sentar na sua banca e o linotipista na sua máquina, e a cidade apareça estranhamente normal – eu vinha como um homem de quarenta anos que dispõe de regular saúde, e está com suas letras nos bancos regularmente reformadas e seus negócios sentimentais aplacados de maneira cordial e se sente bem-disposto para as tarefas da rotina, e com pequenas reservas para enfrentar eventualidades não muito excêntricas – e que cessou de fazer planos gratuitos para a vida, mas ainda não começou a levar em conta a faina da própria morte – assim eu vinha, como quem ama as mulheres de seu país, as comidas de sua infância e as toalhas do seu lar – quando aconteceu. Não foi algo que tivesse qualquer consequência, ou implicasse em novo programa de atividades; nem uma revelação do Alto nem uma demonstração súbita e cruel da miséria de nossa condição, como às vezes já tive.

    Foi apenas um instante antes de se abrir um sinal numa esquina, dentro de um grande carro negro, uma figura de mulher que nesse instante me fitou e sorriu com seus grandes olhos de azul límpido e a boca fresca e viva; que depois ainda moveu de leve os lábios como se fosse dizer alguma coisa – e se perdeu, a um arranco do carro, na confusão do tráfego da rua estreita e rápida. Mas foi como se, presa na penumbra da mesma cela eternamente, eu visse uma parede se abrir sobre uma paisagem úmida e brilhante de todos os sonhos de luz. Com vento agitando árvores e derrubando flores, e o mar cantando ao sol.

Rio, novembro de 1952

A GRANDE FESTA

Não sei que tonalidade rósea descia dos imensos lustres suspensos no salão; ou era como se em alguma parte houvesse um crepúsculo em sangue irradiando uma luz fantástica e sutil; sei que no arfar do colo das mulheres suas peles pareciam mais morenas e coradas: como se os seus seios tivessem crescido imperceptivelmente. A que me dava o nome de amigo estava tão esplêndida que ela mesma cerrava os olhos de prazer para sentir seu sangue correndo satisfeito por todo o corpo sadio e recentemente lavado.

Sim, nós todos estávamos vestidos com certa dignidade e minuciosamente limpos; isso nos dava bem-estar; era um dia de festa geral.

Quem andasse pelo salão veria depois que ele não terminava; era um salão imenso e infinito, ladeado de parque e repuxos; a noite cantava de alegria pela voz dessas águas felizes. Todas as pessoas do mundo estavam na festa; toda a população tinha querido sair esta noite, e graças às máquinas hábeis e à engenharia emancipada e generosa todos estavam limpos e bem-vestidos, e uma grande percentagem trazia flores.

Alguém sussurrou que era a Primeira Festa da Terra; alguém indicou vários presidentes de república e imperadores; era fácil para cada um encontrar uma pessoa que amasse, ainda que ela nos dias comuns estivesse a grande distância; porque a festa era muito bem organizada.

Mesmo as pessoas doentes e tristes esta noite estavam bem; as pessoas truncadas estavam inteiras, e admiravam com prazer os próprios braços novos. Segundo a combinação geral ratificada de pé, por unânime aclamação, por todos os parlamentos, todos, àquela noite, eram felizes, sem que nenhuma lembrança do passado pudesse aborrecer alguém; e no futuro ninguém pensava, tal era o prazer da festa.

A que me dava o nome de amigo sorria, e me achava bem, sentia o quanto sua presença me fazia bem. Dizíamos com delicadeza um para o outro: "são seus olhos"; "não, são os seus".

E muitas pessoas olhavam outras com olhos azuis, novos, perfeitos e úmidos. Mas eu estava no setor dos olhos negros; eram emoldurados de cabelos negros; a boca se entreabria: os dentes eram pequenos e brancos; o colo arfava de manso. Todos tivemos prazer em conhecer muitas pessoas; a humanidade estava satisfeita consigo mesma; havia muito entendimento. Não sei se seriam os licores finos ou os sorrisos daquela boca feliz; mas eu imaginava nitidamente essa festa geral, esse salão com seu parque infinito. Foi então que uma rajada de vento fez bater uma janela; os vidros se estilhaçaram. Deixei por um instante a minha amiga, sem saber que nunca mais a haveria de ver; olhei pela vidraça partida a noite escura. Era uma noite triste e negra que chorava com seu vento, chorava de tristeza e de pobreza, e o mundo lá fora era um imenso terreno baldio com pequenos casebres clandestinos de madeira entre os quais passeavam grandes ratos famintos.

Percebi meu erro; voltei-me para o interior do salão, mas não havia mais ninguém; era um pequeno quarto frio construído por um demônio para nele prender a minha insuportável solidão.

Rio, outubro de 1952

A EQUIPE

Uma velha, amarelada fotografia de nosso time.

No primeiro plano vê-se a linha intrépida, ajoelhada sobre o joelho esquerdo, prestes a erguer-se, uma vez batida a chapa, e atacar com fúria.

A defesa está atrás, de pé pelo Brasil.

Esse de gorro era nosso melhor elemento. Lembro que nesse jogo Nico foi expulso de campo, injustamente, pelo juiz; mas não antes de marcar dois gols.

Esse mais gordo era Roberto Vaca-Brava, nosso *center-half*, homem capaz de jogar em qualquer posição. Até hoje lembro do time, como da letra de uma velha canção: Joca, Liberato e Zico; Tião, Roberto e Sossego; Baiano, eu, Coriolano, Antonico e Fuad.

Era um onze imortal, como aliás se nota nessa fotografia, nessa chuvosa tarde, antigamente heroica eternamente, em que empatamos, porém todos reconheceram que foi nossa a vitória moral.

E olhando o retrato, olho especialmente o meu: um rapazinho feio, de ar doce e violento, sobre quem disse o jornal: "o valoroso meia-direita" – e com toda razão, modéstia à parte. Esse alto, nosso quipa Joca Desidério, quando a linha fechava ele gritava para os beques – sai tudo, sai da frente – e avançava na linha. E chorava de raiva quando uma bola entrava. Mais tarde, por causa de um italiano, ele se fez assassino, mas com toda razão, segundo me contaram. Alviverde camisa do Esperança do Sul Futebol Clube, conhecido como os capetas verdes – somos nós!

    Nós todos envergando essas cores sagradas; e no coração, dentro do peito, cada um tinha uma namorada na bancada. Cada um, menos um: era Fuad, que não interessava a ninguém, e morreu tuberculoso, sacrificado de tanto correr na extrema, pelas cores do clube – glória eterna! Era esse aqui, de nariz grande, esse turquinho feio.

Rio, novembro de 1952

Impotência

Foi na última chuvarada do ano, e a noite era preta. O homem só estava em casa; chegara tarde, exausto e molhado, depois de uma viagem de ônibus mortificante, e comera, sem prazer, uma comida fria. Vestiu o pijama e ligou o rádio, mas o rádio estava ruim, roncando e estalando. "Há dois meses estou querendo mandar consertar esse rádio", pensou ele com tédio. E pensou ainda que há muitos meses, há muitos anos, estava com muita coisa para consertar, desde os dentes até a torneira da cozinha, desde seu horário no serviço até aquele caso sentimental em Botafogo. E quando começou a dormir e ouviu que batiam na porta, acordou assustado achando que era o dentista, o homem do rádio, o caixa da firma, o irmão de Honorina ou um vago fiscal geral dos problemas da vida que lhe vinha tomar contas.

A princípio não reconheceu a negra velha Joaquina Maria, miúda, molhada, os braços magros luzindo, a cara aflita. Ela dizia coisas que ele não entendia; mandou que entrasse. Há dois meses a velha lavava sua roupa, e tudo o que sabia a seu respeito é que morava em algum barraco, em um morro perto da Lagoa, e era doente. Sua história foi saindo aos poucos. O temporal derrubara o barraco, e seu netinho, de oito anos, estava sob os escombros. Precisava de ajuda imediata, se lembrara dele.

— O menino está... morto?

Ouviu a resposta afirmativa com um suspiro de alívio. O que ela queria é que ele telefonasse para a polícia, chamasse ambulância ou rabecão, desse um jeito para o menino não passar a noite entre os escombros, na enxurrada; ou arranjasse um automóvel e alguém para ir retirar o corpinho. Mas o telefone não dava sinal; enguiçara. E quando meteu uma capa de gabardina e um chapéu e desceu a escada viu que tudo enguiçara, os bondes, os ônibus, a cidade, todo esse conjunto de ferro, asfalto, fios e pedras que faz uma cidade, tudo estava paralisado, como um grande monstro débil.

— E os pais dele?

A velha disse que a mãe estava trabalhando em Niterói.

— E o pai?

Na mesma hora sentia que fizera uma pergunta ociosa; devia ser um personagem vago e impreciso, negro e perdido na noite e no tempo, o pai daquele pretinho morto. Ia atravessando a rua com a velha; subitamente, como a chuva estivesse forte, e ela tossisse, mandou que ela voltasse e esperasse na entrada da casa. Tentou fazer parar quatro ou cinco automóveis; apenas conseguiu receber na perna jatos de lama. Entrou, curvando-se, em um botequim sórdido que era o único lugar aberto em toda a rua, mas já estava com a porta de ferro à meia altura. Não tinha telefone. Contou a história ao português do balcão, deu explicações ao garçom e a um freguês mulato que queria saber qual era o nome do morro – e de repente sentiu que estava fazendo uma coisa inútil e ridícula, em contar aquela história sem nenhum objetivo. Bebeu uma cachaça, saiu para a rua, sob a chuva intensa, andou até a segunda esquina, atravessou a avenida, voltou, olhando vagamente dois bondes paralisados, um ônibus quebrado, os raros carros que passavam, luzidios e egoístas na noite negra. Sentiu uma alegria vingativa pensando que mais adiante, como certamente já acontecera antes, eles ficariam paralisados, no engarrafamento enervante do trânsito. Uma ruazinha que descia à esquerda era uma torrente de água enlameada. Mesmo que encontrasse algum telefone funcionando, sabia que não conseguiria àquela hora qualquer ajuda da polícia, nem da assistência, nem dos bombeiros; havia desgraças em toda a cidade, bairros inteiros sem comunicação, perdidos debaixo da chuva. Meteu o pé até acima dos tornozelos numa poça d'água. Encontrou a velha chorando baixinho.

— Dona...

Ela ergueu os olhos para ele, fixou-o numa pergunta aflitiva, como se ele fosse o responsável pela cidade, pelo mundo, pela organização inteira do mundo dos brancos. Disse à velha, secamente, que tinha arrumado tudo para "amanhã de manhã". Ela ainda o olhou com um ar desamparado – mas logo partiu na noite escura, sob a chuva, chorando, chorando.

Rio, agosto de 1952

Beethoven

Teu reino não é o da Música. Sempre olhaste com certo assombro os que vão a um concerto como quem vai a um ato de religião e, afundados em suas poltronas, gozam e sofrem em silêncio, e se entregam a um mundo misterioso de sensações e sentimentos de onde emergem com olhos brilhantes, dizendo coisas estranhas. Uma vez ou outra tiveste inveja desses apaixonados que, entretanto, no íntimo, assemelhas um pouco aos místicos e aos fumadores de ópio; mas nem sequer fizeste o menor esforço para entender o jargão dos iniciados e ouviste suas discussões distraído, como quem ouve falar uma língua estranha, ou doentes a contar sua febre e seu delírio. "Eles têm um outro mundo, maravilhoso e infinito, onde jamais entrarei" – pensaste com despeito. Mas a graça, e o gozo, e as aflições deste mundo em que vives sempre bastaram para te prender e te perder.

Foi assim, ao acaso de uma tarde vadia, que te deixaste ficar sozinho, na rede, a ouvir um desses discos *long--playing*, de tamanho grande, em que uma pianista de nome alemão gravou ao piano uma sonata de Beethoven, uma sonata de um número qualquer. Olhavas o mar cinzento que o sudoeste frio agitava de espumas; e às vezes parecia que não era apenas o vento, era também a música, na sua catadupa de notas graves, que assanhava o mar e fazia balançar no alto os grandes pinheiros.

"Beethoven" – pensaste um instante – um alemão nascido em Bonn, que andou muito em castelos de príncipes e arquiduques, que dizem que era gênio e que – reminiscência absurda de uma leitura de acaso – começou a ficar surdo em 1822. E como 1822 te lembra o grito do Ipiranga, associaste ao acaso esse grito e aquela surdez, como se o príncipe gritasse "Independência ou Morte!" e o músico perguntasse: "Hein, como assim?"

    Sorriste a essa ideia ridícula; depois esticaste o corpo na rede e ficaste a olhar o céu, fechado de nuvens cinzentas e escuras. Tua rede ainda balançava devagar, e de olhos quase cerrados viste que as notas se precipitavam como água entre pedras, descendo um morro, como o córrego do Amarelo, em Cachoeiro, ou aquele outro, quase uma torrente, de água claríssima e gelada, a cuja margem deitaste, envolvido num capote, para descansar um instante durante a guerra, nos Apeninos. Agora, uma revoada de coleiras-do-brejo, e tua amada vem dançando, a saltar de nuvem em nuvem, pois há pequenas nuvens brancas no céu azul. E ela marcha para ti de braços estendidos, suas pernas são longas, há um reflexo de sol na sua coxa que avança. Agora estás grave e só numa grande casa deserta, lá fora há sombra imensa de mangueiras e, no silêncio, uma chuva caprichosa tamborilando numa coberta de zinco. Mas pequenos seres se precipitam numa corrida frenética e caprichosa, fazendo curvas, se detendo, avançando, subitamente; serão corças pequenas? Tua amada está perto de ti, ouves bater seu coração, mas tu mesmo respiras opresso, sabes que talvez não dê pé, os dois vão morrer afogados, é preciso vencer essa onda de sons, é preciso encher o pulmão e, entretanto, a música se precipita sobre a tua cabeça e te afoga, mas agora te elevas, estás mais alto, numa crista, a água teimosa que avança com uma fúria reiterada ficou lá sob as pedras, triste e mesquinha... muito longe há moças com longos vestidos brancos, descalças, como nos balés, que avançam lentas, solenemente, levando a bela moça morta, tu és um grande bailarino, tens na mão uma flor, tu lhe ofereces essa rubra flor, ela revive, sorri e dança, tu adormeces feliz.

E apenas despertas ao ruído seco da vitrola rodando depois do disco acabado – *runc, runc, runc* – e na paz vesperal do sábado de Ipanema (na árvore, perto, há um casal de sanhaços azulados) tens vontade de agradecer e de pedir desculpas a esse homem rei de um mundo estranho, Ludwig van Beethoven, natural de Bonn.

Rio, dezembro de 1952